中國兒童文學名家精選

閃亮的

螢火蟲

秦文君 著

新雅文化事業有限公司
www.sunya.com.hk

中國兒童文學名家精選

閃亮的螢火蟲

作　　者：秦文君
責任編輯：張可靜
美術設計：何宙樺
出　　版：新雅文化事業有限公司
　　　　　香港英皇道 499 號北角工業大廈 18 樓
　　　　　電話：(852) 2138 7998
　　　　　傳真：(852) 2597 4003
　　　　　網址：http://www.sunya.com.hk
　　　　　電郵：marketing@sunya.com.hk
發　　行：香港聯合書刊物流有限公司
　　　　　香港新界大埔汀麗路 36 號中華商務印刷大廈 3 字樓
　　　　　電話：(852) 2150 2100
　　　　　傳真：(852) 2407 3062
　　　　　電郵：info@suplogistics.com.hk
印　　刷：中華商務彩色印刷有限公司
　　　　　香港新界大埔汀麗路 36 號
版　　次：二〇一七年四月初版

原叢書名：国际安徒生奖提名者丛书
原 書 名：别了，远方的小屯
中文繁體字版 © 別了，远方的小屯 由接力出版社有限公司正式授權出版發行，
非經接力出版社有限公司書面同意，不得以任何形式任意重印、轉載。

ISBN: 978-962-08-6779-8
© 2017 Sun Ya Publications (HK) Ltd.
18/F, North Point Industrial Building, 499 King's Road, Hong Kong
Published and printed in Hong Kong.

目錄。

作者簡介

　　秦文君，是深受千萬小讀者喜愛的兒童文學作家，現為中國作家協會全國委員會委員，上海市作家協會副主席，上海中日兒童文學美術交流協會會長，上海少兒讀物促進會理事長。1982 年發表處女作，著有長篇小說《男生賈里全傳》、《女生賈梅全傳》、《一個女孩的心靈史》、《天棠街 3 號》、《寶貝當家》、《調皮的日子》、《逃逃》、《小丫林曉梅》、《小香咕新傳》、《會跳舞的向日葵》、《親愛的書女》、《16 歲少女》等五百餘萬字。1996 年獲意大利蒙德羅國際文學獎特別獎，《寶貝當家》、《男生賈里全傳》先後獲中宣部第六屆、第七屆精神文明「五個一工程」獎，《男生賈里全傳》獲「共和國五十年優秀長篇小說」稱號，《秦文君文集》、《天棠街 3 號》等獲全國優秀少兒讀物一等獎，《少女羅薇》、《男生賈里》、《小鬼魯智勝》獲第二屆、第三屆、第四屆中國作協全國兒童文學獎。其他作品分別獲宋慶齡兒童文學優秀小說獎、冰心兒童圖書獎、中國圖書獎、國家圖書獎提名獎、中華兒童文學獎、兒童文學園丁獎、上海文學藝術優秀成果獎、上海青年文學獎、「巨人」中長篇兒童文學獎、台灣楊喚兒童文學獎、台灣九歌文學獎等近 50 種獎項。作品有十多次被改編為電視電影播映，並獲得飛天獎和華表獎。不少作品被譯為英文、日文、德文、荷蘭文、韓文等。

　　秦文君又在 2011 年 3 月在上海創辦了「小香咕閱讀之家」。秦文君於 2002 年獲國際兒童讀物聯盟（IBBY）的「國際安徒生獎提名獎」。

國際安徒生獎介紹 。————

▌「國際安徒生獎」簡介

「國際安徒生獎」（*Hans Christian Andersen Award*）是國際性的文學獎，被視為兒童圖書創作者的最高榮譽，所以它又稱為「小諾貝爾獎」或「諾貝爾兒童文學獎」。它由國際兒童讀物聯盟（*International Board on Books for Young People*，簡稱 IBBY）於 1956 年設立，每兩年評選一次，每次授予一名兒童文學作家和一名插圖畫家（自 1966 年起），以獎勵並感謝他們對兒童文學事業的持久貢獻。得獎者需專注於兒童文學領域並有優秀的表現，而且需仍在世。

這個獎項由丹麥女王瑪格麗特二世贊助，並以童話大師安徒生的名字命名。獎品包括一枚刻有安徒生頭像的金獎章和一份證書，在每兩年一屆的 IBBY 大會上頒發給獲獎者。

▌獲國際安徒生獎提名

在 IBBY 評選國際安徒生獎之前，先由世界各地的超過六十個 IBBY 分會負責提名，推薦他們認為在兒童文學領域有傑出貢獻的作家和插圖畫家。參與提名的委員都是兒童文學界的專家，因此獲得提名已是一種榮譽和肯定。

以中國為例，國際兒童讀物聯盟中國分會（CBBY）在選出「國際安徒生獎」提名名單前，會先在國內選出「中國安徒生獎」得獎作家和畫家，這些得獎者有機會獲提名「國

際安徒生獎」。

歷年來有幾位中國作家獲提名「國際安徒生獎」，例如孫幼軍（1990 年）、金波（1992 年）、秦文君（2002 年）、曹文軒（2004 年、2016 年）和張之路（2006 年）。

▊ 國際安徒生獎的評審宗旨和標準

國際安徒生獎創設的宗旨是推動兒童閱讀，提升文學和美學的藝術境界，幫助兒童建立正面的價值觀，促進世界和平。

國際安徒生獎的評選標準主要是在文學與美學的價值上，但隨着時代的改變，對文學與美學的判斷也會改變。國際安徒生獎的得獎者不僅要在藝術上有卓越的成就，他們的創作也必須能對世界各地的兒童產生健康、積極的精神鼓舞。不過，國際安徒生獎評選時，重點考慮的不是候選人的作品，而是創作者本身的成就和貢獻。

IBBY 還期望通過國際安徒生獎，鼓勵兒童圖書創作，推動優質的兒童圖書翻譯工作，並促進世界各地的交流。

回望中的幸福 （自序）

對於我來說，選擇兒童文學創作就是選擇了幸福和熱愛，因為沒有比它更使我心心念念的事情了，數十年如一日地愛着它，而且今後也一定是無法割捨的，它彷彿已經融為我心靈的一部分，成為精神世界中最燦爛的亮光和花朵。

我很幸運，出生在上海一個民主氣氛濃郁的家庭，父母給予孩子最多的是至愛和充分的寬容，以及自由想像的空間，我的雙親對孩子從沒有苛刻的要求，也沒有產生過令孩子窘迫的高高的期望值，我還有兩個弟弟，因為有了他們，我很早就能體察男孩的心。

和大多數的女孩不同。我這半輩子還從來沒有刻意地去崇拜異性，天性裏總有一種興致勃勃的東西，總是因為自己是一個女性而歡喜着和自豪着，也許是因為我在童年時就曾得到過男孩們比較一致的佩服，也許是我的家庭是男孩多女孩少，女孩在那裏備受悉心的關愛。總之，和雙親和兄弟在一起度過的童年生活是無比完滿的，如今仍是這樣，有他們在的日子，永遠是溫馨和鬆弛愉快的，彷彿沐浴在陽光裏。

常常很感恩，如若沒有童年的陽光，我所有的生活、我的感情、我的寫作熱情立刻就暗淡了許多，察看童年對於一個人的影響，可以發現，它重要得恍如能察覺這個人心靈的顏色。

我為少年兒童寫作開始於 1982 年，從一開始起就懷有

一種強烈的追尋童年的情結：從熱愛自己的童年直至珍惜他人的童年，關注人類所有人的童年，我相信這是一個有趣的開端，足可以引出任何涵蓋大意義的命題，我隱約感覺到，如果通過兒童文學的寫作體現人類自省的能力，某種預見性，當然還有更多的童年秘密和童年趣味，那將是多麼幸運。

我寫了二十三年，彷彿是不停地寫，順着自己的心路和理想在寫，在安靜的年代是這麼寫着，停不下來，在喧鬧的時代也是這麼寫。有時感覺不可理喻，彷彿置身在一個舞台上，所有的布景換了又換，但是主角還是以原有的姿態堅持初衷。

我關注我的新作裏是不是飄着理想的香味。

面對兒童文學創作中呈現的越來越多的消遣性、實用性、標準化、模式化的傾向，人們視線裏的藝術標杆也許會有片刻的模糊，但很快就會清楚這是需要有所抗拒的，兒童文學應該更多地提供思想資源，對於生活的真相它必須要有所揭示。因為它是文學，它要以單純有趣的文學形式回答人究竟是怎樣的，回答世界是怎樣的，要傳遞民族精神，並表達全人類的道義和人們內心最真誠的呼喚，以及生活的真相。

世界的變化令我越寫越清楚地意識到，作品不能「**實用主義**[①]」，太「現實」的時候會缺乏完美和前瞻，獨創性

[①] **實用主義**：哲學思想，認為知識的價值在於它是否對人有用，它只是人解決困難的工具。

開始消失，有時很聰明很取巧是值得警惕的，寫好東西往往要有些「死心眼」，憋着氣兒，不緊緊地跟着人走，往往倒會成氣候，憋出自己獨有的底蘊來，從這個意義上說，真正能夠寫出好作品的應該是理想主義者。

我很想做可大可小的人，從大的方面看，兒童文學作品必須提供強烈的情感資源，給孩子以心靈撫慰和情感關照，這也是衡量作家有沒有才華和能量的**試金石**①。兒童文學作品能夠揭示生活的規律，尤其需要觸及人類內心的強烈嚮往和情感張力，觸及童年生活的根底，愛和感情，一旦作為展示人性的情感在作品中豐滿了，自然了，獨具魅力了，這作品才算是成熟的，才能深入人心。

好的兒童文學作品還應該是大人和小孩能共讀的，小孩讀了有小孩的想法，大人讀了有大人的感悟。孩子們對一個作品感興趣的時候，首先是認為它有趣。但是小孩也有人類最早的腦筋和心思，甚至複雜。只是那是一種「微妙的複雜」，兒童文學作家的本事是能把這些**羽化**②成妙趣。僅僅給了孩子有趣是不夠的，因為支撐一個作品能夠長久，能夠感動人，能夠給人以一種真正啟發的，還是那些有趣背後的東西。就是說按照孩子的天性，讓孩子快樂應該是很容易的，因為孩子天生是有一種樂觀的東西的。如果說孩子的快樂，他們的笑聲對於我們來說是一種獎賞，我承認這是最高

---

① **試金石**：比喻驗證事情是否精密準確的方法。

② **羽化**：原指昆蟲從蛹蛻變成蟲的過程，這裏指「轉化」。

興的事。但是，如果僅僅有笑聲的話，笑聲背後就是遺忘，因為他的笑聲過後，必須留下東西才有意義，這個支撐就是人類的情感資源、思想資源、美感，這能喚起人們內心深處的很多觸動，這才是我們追求的文學理想。

作家心靈的力量，永遠是文學最美麗的**甘露**[①]，我期盼讀者能從我的書裏找到從心靈裏流淌出來的文字、趣味和情感以及種種燦爛。

[①] **甘露**：甘美的雨露，引申為「精華」。

三足鼎立

我的好友魯智勝迷上了贈送名人名言，到處亂送，有點無孔不入。上周我作文得了優，正得意呢，不料他立馬奉送我一句「謙虛使人進步，驕傲使人落後」，就像存心澆我一桶涼水。前天，他還向班裏的女生王小明和張飛飛各送一句古代名言：「知人知面不知心。」誰知那兩個丫頭正鬧彆扭，兩個人不約而同地去責怪魯智勝有挑撥離間的嫌疑。

最近，魯智勝至少已向十五個同學贈送過一句當代校園名言，叫做「初二是一條分界線」。我問他這句名言的出典，不料他說版權所有者姓魯名智勝，又說，既然此人早晚會成為世界名人的，提前把他的著名言論傳出去又何妨。

這句話，後來果然在班裏傳得沸沸揚揚，看來，魯智勝並非等閒之輩。

——摘自賈里日記

以前在賈里他們（1）班，賈里、陳應達、魯智勝屬於男生中的領銜人物，他們三個之間來往頗多，人稱「三劍客」。可一踩進初

二，陳應達就嚷着說太忙，難以盡職，急着卸去班長職務。陳應達是個分秒必爭的人，他的作息表據說是參照**馬克思**[①]的作息表制定的。最近他又去本區的夜大學學電腦，本校有三位老師也在那個班進修，所以陳應達榮升為老師的同窗。

上周五，班委會為此開了會，決定以本人報名、全班投票的方式選出新班長。

魯智勝頭一個旋風般地報名，說這叫「電腦時代的速度」，其實他不愛電腦只愛遊戲。緊接着，新轉學來的張瀟灑也報了名，據說此人每天看七份報紙，他套用報上看來的話說「形勢逼人又喜人」。

周一早上，賈里走進教室就瞥見課桌上有封信，粉紅色的信封，筆跡細細軟軟如同蜘蛛絲，下款還寫着「內詳」二字，看上去很像是女孩寫的「那種」信。

「賈里的信！」魯智勝奪過信翻來覆去看，「看，背面還寫着『請勿外傳』，廢話，情書怎麼能外傳？除非是馬克思寫給**燕妮**[②]的。王小明真奇怪，還要叮囑賈里⋯⋯」

賈里敲了魯智勝一個栗子，對這種好事之徒豈能姑息！

[①] **馬克思**：德國思想家，與好友恩格斯創立馬克思主義，主張共享社會資源，工人應反抗富有資本家的壓迫。他的學說是共產主義的重要部分。

[②] **燕妮**：馬克思的妻子。

魯智勝哇哇叫，説賈里心狠手毒，十足的**蓋世太保**[①]。

信的確是女生王小明寫的。王小明原是（2）班的人馬，在整個年級中享有一定的知名度：她寫作文篇篇都是超短的，數十個字，簡潔程度類似於打電報，每次大考也如此，分數扣得慘不忍睹。因為查老師教作文有一手，學校破例讓她轉來（1）班。近來，查老師讓王小明試着用筆談代替口頭交談，説是寫作就是用筆交談。所以王小明動不動就與別人用筆交談，成了寫信大王。

平心而論，王小明的信即使向十億大眾公開也無妨，絕無半點早戀嫌疑。她先用二十個字通報魯智勝和張瀟灑已報名參加競選班長，再用兩句話和一個驚嘆號鼓勵賈里參加競選，在結尾處，她寫證詞似的寫道：*據我們女生觀察，你很優秀。*

這封平淡無奇的信就因為那個「閃光的尾巴」讓賈里好不歡喜，不由得得意忘形，笑出聲來。可惜，王小明寫了「請勿外傳」，假如她寫的是別的四個字：「歡迎傳閱」，那賈里非讓它傳得家喻戶曉不可。

張瀟灑走過來與魯智勝聊天。張瀟灑高個子，坐最後

[①] **蓋世太保**：納粹德國時期的秘密警察。第二次世界大戰前，德國的納粹黨派秘密警察四處捉拿與政府意見不同的人士，進行嚴刑拷問，甚至處以極刑。

一排，經常以本班巨頭的口吻與人説話。

「賈里，有什麼花邊新聞？」張瀟灑説，「可否説出來讓我們也樂一樂？」

賈里很鐵腕地説：「無可奉告。」

魯智勝用眼角餘光掃掃賈里，説：「王小明到底在信裏説了什麼？」

賈里説：「她説，嚴防小人探聽。」

張瀟灑説：「賣什麼關子！」有些不滿意，拂袖走人了。

賈里把信收進書包，取出文具，滿心激動地想着是否寫一篇《和王小明同學》之類的文章，忽見張瀟灑晃晃蕩蕩地走過來。他居高臨下地瞧着賈里，説：「喂，王小明寫信讓你參加競選對不對？」

「你怎麼知道的？」賈里嚇了一跳。

魯智勝盯住張瀟灑看，突然，他叫道：「張瀟灑長鬍子了。」

張瀟灑説：「賈里，以後有什麼事你就別瞞我，我會神機妙算。」他一邊説，一邊用手撫着唇上那些軟軟的鬍鬚，動作真有舞台上諸葛亮的那種派頭。

「能教我一些嗎？」魯智勝問張瀟灑。

張瀟灑説：「OK，我免費教，誰讓我們是小學老同學。」

張瀟灑確實和魯智勝一塊兒上小學，後來他隨母親轉

學到外區，這一學期又轉回來，打**游擊戰**^①似的。他的名字很好笑，別人再瀟灑，不過體現在舉止、行為上，他倒好，寫進名字中，彷彿搶在手中，先造成既成事實。

他來了不久，似乎處處都瀟灑：天文地理他都能聊，連股票他都能分出「績優股」、「垃圾股」，而且，他外表也酷，肩寬鼻高，眼睛絕不鬥雞，頭髮留中分，梳得服服貼貼，穿的 T 恤是鱷魚牌，自行車是**阿米尼**^②。前幾天他還騎來他爸的猛男型助動車，戴頂頭盔，為此女生堆裏都轟動了，彷彿看到了奧特曼出現在校園。

「賈里好正宗，」張瀟灑評頭論足，「氣質很像**孔繁森**^③。」

魯智勝說：「說正經的，賈里，王小明挺識人的，哈，你這個優秀男同學，應該參加競選。」

張瀟灑淡淡地笑笑，說：「賈里，歡迎競爭。不過，你的頭顱造型太像中國猿人。」

「那好，」賈里說，「能沾上老祖宗的光。」

---

① **游擊戰**：戰術的一種。當作戰雙方強弱懸殊時，弱的一方可發動游擊戰術，以人數少的軍隊四處出擊對方人多的軍隊，以長時間作戰消磨對方力量。

② **阿米尼**：歐洲著名的單車品牌。

③ **孔繁森**（1944-1994）：孔子的第七十四代孫，是中國共產黨的幹部，受到中國政府的表揚。中國曾開展一場「向孔繁森同志學習」的活動。孔繁森受當時的人推崇。

第三節上體育課，陳應達邀請賈里玩足球。

陳應達是那種體育一塌糊塗的男生，可他也愛親臨球場瀟灑走一回。他到了球場重地，一貫是臉色嚴峻，像是來復仇的，往往見球就踢，進不進他無所謂。所以他從不自稱踢足球而謂之玩足球。

「賈里，你該參加競選。」陳應達說得理直氣壯，使勁踹了一腳球，「我願助你一臂之力。」

「不當班長也能為班級效勞。」賈里把球接過來，「向你學習。」

「且慢！」陳應達臉色都變了，「千萬別誤解在下的良苦用心。」

賈里帶着球走了兩步，一個大腳，射門，可惜這球踢得很糗，從球門上側躥將出去。賈里去追球，就聽陳應達一語雙關地說：「賈里，機不可失。」

那球逃命似的滾到單杠那兒，賈里奔過去，正好撞見王小明伸長胳膊吊在單杠上，膝蓋彎着，整個像在做跳傘求生的動作。

「請問賈里同學，」王小明叫道，「競選班長是可怕的事嗎？」

賈里讓她問得暈頭轉向，說：「你在出腦筋急轉彎的題嗎？」

王小明跳下來，安全着陸，說：「聽張瀟灑說，你收

到我的信後就坐立不安。」

賈里頓了頓，恍然大悟，問：「於是，你就告訴他信裏的內容了？」

「是啊，你都曉得了？」王小明説，「他答應要開導你的。」

賈里一個大腳把球踢回球場。頭一扭，看見張瀟灑雙手正比劃着對魯智勝説着什麼。賈里徑直朝那兒走去。

張瀟灑説：「知道心靈感應嗎？比如一隻死蟲子，你不能把它想成蟲子。」

魯智勝説：「總不能把它想成一個美女吧？」

「你可以先把它理解為一具昆蟲的屍體，然後……」張瀟灑看見怒氣衝衝的賈里，説，「賈里，你現在像一門小鋼炮。哎，有話好好説。」

賈里説：「你竟到女生那兒招搖撞騙！」

「啊，是啊。」瀟灑説，「有此事。不過，當時你為了王小明的信是有點不對頭，癡笑，眼神呆滯，就跟那個**范進中舉**① 差不多……」

張瀟灑竟然沒一點歉意，大説王小明是賈里的「**同桌**

---

① **范進中舉**：范進是中國小説《儒林外史》中的一個人物。他由二十歲開始應考科舉，一直到五十四歲時才能考上秀才。張瀟灑以「范進中舉」形容賈里接到王小明的信時就像范進考試失敗多年後終於考上秀才時一樣高興得呆掉。

的你①」。魯智勝夾在中間，想笑，又怕笑聲太發自內心會招賈里惱恨，結果笑得尷尬極了，皮笑肉不笑。

末了，張瀟灑還無限灑脫地伸出手，說：「賈里，握手言和吧。」

賈里沒動，魯智勝殷勤地把賈里的手和張瀟灑的手拉在一起：「握緊些，友誼深。」

「遵命！」賈里說着猛地攥緊張瀟灑的手，他學過書法，又練過一年握石球，不敢說已將雙手練成一雙奪命魔爪，號稱「小老虎鉗」還是可以的。張瀟灑被鉗得雙目圓睜，口大張，像一尊金剛。「小子……你！」他終於繃不住，叫出聲。

賈里重返球場，走出好遠，還聽見張瀟灑在那兒破口大罵。賈里扭頭示意要魯智勝跟他走，可這胖子不知怎的竟讓張瀟灑揪住不放。這下好了，不明真相的旁觀者一定以為張瀟灑在痛斥魯智勝。

周三做完課間操，賈里在樓道裏碰上王小明。

「喂，王小明同學，」賈里假惺惺地問，「現在報名競選的話還來得及嗎？」

「截止期是今天中午，好險啊，現在是末班車了！」王小明發了許多驚喜的感慨。其實，賈里怎麼可能不記着

閃亮的螢火蟲 ——

19

---

① 《同桌的你》：1994 年一首紅透中國內地的校園民謠，關於一對同桌男女由初中、高中至大學的愛情故事。張瀟灑取笑賈里跟王小明是戀人。

截止期呢，明知故問罷了。

「那好，」他順水推舟地説，「請在候選人名單上添上一個名字。」

王小明負責這次的競選活動，她簡直太忠於職守了，昨天一天就給賈里發了三封信，一封信説克服報名前的懦弱關鍵是自信，另一封信才三個字——三個「快」字。第三封信最好玩，專門詢問前兩封信是否收到。

「快速準備演講。」王小明説，「每個候選人要在投票前説一説『假如我做班長』。聽陳應達説，這很重要，相當於『施政綱領』！」

「知道了。」賈里説，他看看王小明，不懂她為何隻字不提那三封信的事，他只能伸出三個手指，説，「全收到了，謝謝！」然後轉身就走，也不知王小明是否看懂他的手語。

吃中飯時，賈里參加競選的消息就曝光了。陳應達特意繞過來與賈里擊掌，一切盡在不言中。魯智勝也格外興奮，邊啃雞腿邊説：「天助我也。」

「此話怎講？」賈里問。

魯智勝説：「我寫了兩個晚上施政綱領就是寫不精彩，現在好了，你文采好，寫完後讓我參考一下不就行了嗎？」

「你那是抄襲行為。」賈里説。

「你以為我會照抄嗎？」魯智勝振振有詞，「我智商如此低下？」

魯智勝的特點就是會磨，說好聽點是「不達目的不甘休」，說難聽點是「死皮賴臉」。他當晚就給賈里打熱線電話，問：「你的施政綱領怎麼開頭的？」

「是這樣：班級是社會的縮影。」賈里說，「挺有氣派的吧？」

「我太有同感了，賈里。」魯智勝誘供一樣問，「後一句呢？」

「我從不小看一班之長這個職務。」

「第三句是什麼？」魯智勝又問，「別太保守了，我發誓絕不照抄。」

賈里只得把講稿唸了一遍，趁這機會也算是彩排吧。

魯智勝心滿意足地掛斷電話。可過了一小時，他又來電話了，問：「賈里，我能把你的演講內容告訴張瀟灑嗎？」

「什麼意思？！」賈里火了，「想出賣朋友？」

「他發誓要超過你，」魯智勝苦惱地說，「三番兩次打聽你講什麼。我不說，他就……唉，沒好話給我聽……我夾在你們中間難做人，上次我讓你緊握他的手，你卻亂握，他懷疑是我慫恿你幹的呢……」

賈里放聲大笑，說：「原來上次你做了出氣筒。好，你告訴他又能怎樣？我不怕，即使他抄些過去，也比不上我，我

是原創！」

周五選舉開始，賈里才曉得，那個應允讓他付出了什麼代價。

魯智勝先發言，這傢伙身着**培羅蒙西裝**①，滿臉笑容，風度馬馬虎虎可以，像個相聲演員。他的演講挺順耳，嗓音洪亮，中氣十足，無可挑剔。除了賈里，誰也看不出這個人是文抄公中的高手。

「我的一位朋友説，班級是社會的縮影，我絕不能小看這個職務。我十二分地同意這個提法，它道出了我的心聲⋯⋯」

看看，那傢伙多圓滑，既套用了賈里的話，又不過頭，不説謊，規規矩矩注明觀點是從「一個朋友」那兒「拿來」的。或許，學校委派他去輔導王小明寫作會更見成效。

緊接着，張瀟灑發言。他一開口，就是詩，譜了曲沒准還能唱呢。不過，賈里一聽，頭卻漲了，曉得張瀟灑選擇了下三爛的辦法來超過他。

啊──班級，

它果真是社會的

一個

---

① **培羅蒙西裝**：培羅蒙是一家源自上海、創立於 1919 年的西服公司，專為客人度身訂造高級西裝。在香港的中環也設有分店。

小小的細胞？

我，在此鄭重地表明，

絕不

小看一班之長，

這個職務……

輪到賈里了，他一句也說不出，並非怯場，他悔不該給張瀟灑提供這樣的便利！現在真是有口難辯！只可惜，原著未出，已出了兩個版本的贋品，他原想再把「班級是社會的縮影」唸一遍，反正他是正宗的作者。可再唸的話，大家準會厭煩的。他可不願在一片哄笑聲中狼狽地唸着，窘得像繞口令似的連氣都不換。

只能另闢蹊徑，可現在如何**打腹稿**① 呢？大家都看着他呢。他氣呼呼地說：「我想，大道理，我，我就不重複了，假如我當選，一定好好幹。」

說完此話，他才覺得沒把意思說透，倒像是他故意不作充分準備似的。可是，一語既出，又如何收得回來？王小明用失望的眼神看着賈里，更讓賈里心裏沉甸甸的。彷彿有點做賊心虛，他甚至不敢朝陳應達座位的方向看。

選舉結果出來了：魯智勝得了一大把選票，當選班長。

---

① **打腹稿**：腹稿指預先準備的文稿，這裏指打算的意思。

賈里低着頭，無意中聽到大家眾説紛紜。同學們都説魯智勝最實在，發言認真、謙遜；張瀟灑太浮誇，不怎麼像做實事的人。至於賈里，大家則認為他不怎麼重視班長這個職務⋯⋯

放學了，賈里悶着頭衝出校園，魯智勝緊隨其後，説了無數遍「真沒想到！」

「別説了好不好！」賈里説，「給我一點安靜。」

「你還要什麼？」魯智勝心情沉重地扯住賈里的書包帶，「我想彌補。」

賈里悲憤交加地猛地扯一下書包帶，説：「我只想要一樣東西──公平！」

魯智勝鬆了手，突然，眼圈紅了，這老兄虧他還號稱要做「不會流淚的冷血動物」。

賈里扭頭就跑，跑着跑着，看見街上那麼平靜，一切照舊，充滿和平氣息，鼻子一酸，淚水奪眶而出。

一周後，魯智勝組閣班委，力邀賈里擔任副班長，另外，竟把張瀟灑也組了進來。

「請三思而行。」賈里再三説，可他是個副班長，一個副字就顯得大不一樣，可有可無似的。

魯智勝説，剛當上班長心裏慌慌的，想多團結些人。賈里不客氣地説：「對了，你挺崇拜你的小學同窗好友。」

「我還不知道他？我火眼金睛，他喜歡走歪路子。」魯智勝吐露真言，「不過，何必得罪他呢！」

賈里直愣愣地看着魯智勝。魯智勝只能直言相告：那是他老爸免費提供的主意。

魯智勝的老爸新近當了廠長，開口閉口都是「本廠長認為」，有點官迷心竅的樣子。他很看重魯智勝的班長頭銜，據說還放了兩掛鞭炮慶賀自己當上了「班長之爹」呢。

不過，出乎魯廠長的意料，張瀟灑並不領情，他的目標是做班長，據說還說過類似「**既生瑜，何生亮**①」的絕情話。

第一次班委會因此弄得極不愉快，主要是因為張瀟灑在其中亂攪。魯智勝想請他擔任生活委員，他卻說生活委員要收點心費，如果算錯錢怎麼辦？如果收到一張假鈔誰承擔損失？魯智勝只能委曲求全請他做學習委員，可他又說學習委員太難當，誰不交作業得由學習委員記名字，天長日久，不知要得罪多少人！

「那好吧，」魯智勝再讓一步，「請你做衞生委員。」

「別做夢了，」張瀟灑說，「讓我負責大掃除、管**包幹區**②？這種苦差使發紅包我都不會去做。」

---

① **既生瑜，何生亮**：指的是周瑜和諸葛亮，兩人都才智過人，但周瑜的計謀總是被諸葛亮攻破。人們多以此句形容天外有天，強中自有強中手的情況。

② **包幹區**：負責區域，管包幹區的人要負起區內的所有責任。

魯智勝忍無可忍，説：「都不肯做，誰做？」

「有勞班長囉，」張瀟灑朝賈里擠擠眼，帶點暗示地笑笑，「魯大班長，您是全能，就應該做公僕。」

魯智勝怔怔的，孤立無援的樣子。

「魯智勝！」賈里揭竿而起①，大聲而又堅定地説，「發什麼愁？擔心個屁！沒人做的事儘管派給我做，我會做好的。」

魯智勝兩眼發光，枯木逢春的樣子。

「你以為你真是孔繁森了？」張瀟灑徹底沒戲了，只有嘟噥的份兒，「沒勁透頂。」

不知怎麼搞的，班委會內部吵架的事很快就捅了出去，大家都知道了。只是事情被七傳八傳傳得有些走樣，聽上去像民間故事：都説賈里拎着張瀟灑的耳朵教訓了他，説了一番石破天驚的豪言壯語。

其實，過獎了，賈里絕無如此大膽，豈敢豈敢。

後來陳應達再見賈里時，改為拍他的肩了。據説，享受過這種待遇的同學絕無僅有。隔了幾天，王小明也有反應，她寫給賈里一封快信，是特短型的。

---

① **揭竿而起**：秦朝末年，陳勝、吳廣兩個農民帶領揭竿起義，反抗秦朝的高壓統治。

賈里同學：

　　你是班幹部中最重要的人物，因為你有勇氣和正氣。餘言後敍。

王小明

　　賈里將那信連讀三遍，感動得不得了，只是很覺意猶未盡：為何偏要「餘言後敍」呢，一下子全說出來豈不更好？他覺得她不妨放手多寫些鼓勵話，別像現在這麼節約，縮手縮腳，把許多話都擱在「餘言後敍」中。

選自《男生賈里新傳》

青春話題

怎樣才算是長大成人了呢？哥哥賈里說當一個人能使小孩都對他仰視，那就算長大了；而林曉梅說長大的標準是有了心事，常常為牽掛着什麼事而久久無法入睡；胡彩蝶說至少要談過一至兩次朋友[①]才算成熟了；宇宙說，什麼時候說違心話後能夠像他爸金融鉅子那樣自圓其說，那就離長大不遠了。

我幹嗎要聽他們的呢？看來，我得學學他們的竅門，另外定一條自己閉上眼睛也能做到的標準，然後宣布說做到這個，就算是已長大。

——摘自賈梅日記

本周中，賈梅遭遇一樁千載難逢的好事：《學生郎》雜誌寄來一紙公函，祝賀她被聘用為小記者，並且通知她本周上午前往雜誌社參加小記者聯誼會。

賈梅心潮起伏。在她看來，能榮膺記者這個頭銜，實在是有點不敢當。記者可不是

---

① 談朋友：這裏指談戀愛，是中國內地的說法。

等閒之輩，是見多識廣、嗅覺靈敏的大牌人物，最了不得的是筆桿子裏像藏有魔法，大筆揮揮，就能使爸爸這樣的讀報人湊在報紙面前，如醉如癡，眼珠都快要彈出來了。連媽媽同他說話，他都心不在焉，總要等他看完，才問：「你剛才說什麼？」

到了周日上午，賈梅如期赴約。她踏進雜誌社的大禮堂後，只見滿禮堂熙熙攘攘的小記者，又聽鄰近的幾個人議論，才知那種擔憂自己枉擔盛名的心情實在多餘，因為那個小記者並不怎麼值錢：凡是訂閱《學生郎》滿三年的，或是在雜誌上出現過一次名字的在校學生，均可晉升為小記者，難怪，小記者在這大禮堂中滿場飛，多如蝗蟲！

賈梅心頭湧動着淡淡的失望，不過，也夾雜幾分落地有根的安然。她勸慰自己，人家《學生郎》挺寬容的，並沒有像別的雜誌社那樣，設什麼考核關卡，讓大家人人自危，害怕被淘汰，而是張開雙臂擁抱眾人，有何不好，這叫皆大歡喜！

聯誼會快開始了，台上已有人在調試話筒，練金嗓子似的拉開嗓子，「啊！啊！」地叫着。

環視左右，賈梅發現相貌堂堂者甚少。不遠處有個高度近視患者，他看書時鼻尖快碰到書頁了，像在嗅上面的油墨香味；另一邊有個結巴，他結巴得很瘋狂，說話時舌頭不打彎，面紅耳赤，眼睛一擠一擠，那副樣子，彷彿比

（1）班的劉格詩更劉格詩了，可以當他的師傅，不知他為何不怕當記者，這種口才要去做採訪恐怕太難為人了。在這前後幾排中，賈梅可以算是才貌雙全之人了。

她把視線投得更遠，想找找有無能與她匹敵的優秀分子。不料，七看八看，目光卻定格在林第一和張瀟灑身上，這兩個人晃着肩膀從入口處大搖大擺地走進來，那個林第一新理了髮，清秀的臉上帶着賈梅極熟悉的神態，像是從她記憶中呼之欲出的人物，賈梅險些以為這是一個夢。顯然，機敏的林第一立刻發現了賈梅的注視，否則，他的舉止不會局促不安，就像在半秒鐘內患上了多動症似的，一會兒撸頭髮，一會兒摸下巴。

獵犬般敏感的張瀟灑不會落後，他無聲地朝着賈梅詭秘地笑笑，拉着林第一坐到賈梅的前排。這兩個傢伙近來各自長高一截，恐怕是得了什麼巨人症，反正，他們兩個的長脖子正好擋在前面，張瀟灑挺不老實的，側轉身子，嘻嘻哈哈，嘴裏不停地稱林第一為小阿弟，還問他有沒有弟妹。

賈梅窘得不得了。這時，只見張飛飛提着胯，帶點模特貓步地走進禮堂，手裏還托着三罐可樂，彷彿來這兒看電影似的！

張飛飛看到賈梅，故意裝做沒事一樣，莞爾一笑，用外交辭令說：「啊，賈梅也來了？世界有時可真小啊！」

賈梅心裏暗自叫苦，怎麼又與張氏兄妹大會合了！自從賈梅宣布和張飛飛斷交以後，張飛飛先是暴跳如雷，發誓要把賈梅的絕情寫進小說裏。可後來，張飛飛決定拜賈梅的爸爸為師，學習寫作，所以態度大轉變，經常藉故與賈梅搭訕，還幾次托王小明捎^①口信給賈梅，説彼此只是誤會啦什麼的。這個王小明也挺逗的，扮演的是和平信使的角色，每次都忠實無誤地傳達張飛飛的旨意，可過後又不忘補充一句：「如果你信得過小明，就請記住，這個張飛飛有顆冷酷的心！」

張飛飛很招搖地把可樂扔給張瀟灑一罐。這個張飛飛酷愛充當闊佬的角色，經常四處請客，聽説她每個月都能從她媽張勝男的私房錢裏討到數百元零花錢。張勝男稍有微詞，她就頭痛病、心口痛一樣一樣發作。

「林第一！」張飛飛尖聲説，「只剩一罐可樂了，給你還是給賈梅？」

「看你張飛飛的良心了！」林第一淡淡一笑。

張飛飛又問賈梅，賈梅説：「我不需要！你給他好了！」

張飛飛把可樂罐扔給林第一，林第一接過去，然後回轉身用它輕磕椅背，説：「給你！」

---

^① 捎：順便請人帶個東西。

賈梅搖搖頭，説：「不用，不必客氣！」

「請你客氣點，幫個忙啊！」林第一溫和地説，「我任何汽水都不能碰，一喝就脹氣，會從鼻孔裏、耳朵裏冒出氣來。」

「對，他的眼睛也會打嗝呢！」張瀟灑大笑道。

賈梅不由得笑出來。林第一擼擼頭髮，趕忙把可樂罐拋過來。張瀟灑便趁機**耍貧嘴**^①，説：「怎麼像拋手榴彈似的！討女生的好也要斯文些！」

「Yes！Yes！Yes！」張飛飛連聲附和，笑得前仰後合。

賈梅見林第一很窘迫的樣子，便不再推讓，打開可樂罐喝起來。再推來推去，反而顯得忸怩做作，再説，她不願讓張氏兄妹看白戲。

聯誼會開場了，《學生郎》的主編大人與大家見面，他已是個中年人，兩條長腿，濃眉大眼，穿西裝，戴領帶，頭髮塗過不少**摩絲**^②，豪爽之中帶點威風凜凜的領導氣派。説實話，那個人的外表、氣質，很像魯智勝的老爸魯小民廠長，聲音洪亮，氣魄不小，但太大路貨了。按賈梅的意向，主編最好是個鬼才，有一雙狡黠的眼睛，一個凸出的

---

^① **耍貧嘴**：指説話時講過不停又油腔滑調的。

^② **摩絲**：即英文的「Mousse」，這裏指頭髮造型用的擠噴式泡沫。

橄欖形的智慧型頭顱，一看就是智商過人，風流絕代。這樣的主編，編出的雜誌才漂亮，不會像現在那樣，動不動就刊登些雜七雜八的詢問，什麼「你如何合理使用零花錢」，什麼「哪一種媽媽最合你心」……

主編大聲說很高興與大家見面，說完就呱唧呱唧鼓掌。又說感謝大家對《學生郎》的支持，說完又呱唧呱唧帶頭鼓掌，傻是有點傻，但他說出的話很能溫暖人的心。而且，他對小記者們寄予很高的期望，說現在雜誌面臨很多困難，要依靠大家把雜誌辦好，另外，送到需要《學生郎》的同齡人手中。

「呆不呆，要我們推銷啊？」張瀟灑說，「另請高明！」

「Yes！Yes！Yes！」張飛飛說，「我絕不會拿着雜誌去叫賣的，太寒酸了。」

賈梅聽得心煩，說：「你們怎麼這樣的，誰說要推銷？是送給需要的同齡人。」

「那不是同義詞嗎？」張瀟灑哈哈大笑起來，「這種人見得多啦！送到手裏？白白送嗎？從來就沒有救世主，懂不懂？你是**真空小姐**①！」

賈梅聽到左右前後一片議論聲，就連邊上的那位結巴

---

① **真空小姐**：中國內地用語，比喻笨女人。

也在説：「這，這太，太困難了，我，我的同，同齡人，都，都，不愛看，看書，叫我，我心，心有餘，而，而力不足……」

那個戴高度近視眼鏡的男生伸着脖子，他的口才不錯，説：「如果我膽敢開口勸同學買《學生郎》，他們會大造反，説不定還會懷疑我拿了回扣！」

賈梅反倒忐忑不安起來。不知自己為何竟比別人遲鈍了許多，在這種環境中，甚至有點落伍，她屏住氣，試圖在主編大人的話裏品出幾分書香和清高來，終於，她聽到主編説：「我們並不是要給小記者下達推銷的任務，而是懇切希望你們從今起情繫《學生郎》，為它貢獻，出力、出點子都行，多多益善。另外，我們將每周舉辦《學生郎》聯誼活動，從下周起，會請大家陸續上台來傳授各自的經驗……」

「看！」賈梅環視着左右説，「人家並沒有提推銷，出點子也行的。」

可她的話卻沒有引起熱烈反響。張瀟灑還訕笑一聲。賈梅孤掌難鳴，特別孤獨和難堪。還好，林第一轉過頭來對她笑笑，説：「張瀟灑的嘴裏從來吐不出象牙的！」

賈梅感覺有一股暖流徐徐沁入心底，至少，這兒有個人很在意她，並在暗中悄悄地關照她。在他拂動頭髮時，賈梅瞥見他的手，手指修長，指甲帶點粉紅色。有一本書

上説，長這種手指的男孩感情纖細，是賈寶玉式的，會有許多好妹妹。不過，誰知那作者的話裏有沒有詐！

幸好，這一切沒被外人察覺，張氏兄妹正交頭接耳地議論着前排就座的一個成年人，説此人就是把他們的照片登在封面上的美編，同時，他還是大牌的攝影家，張氏兄妹説到這兒很自豪的樣子，好像沾了不少光彩。一會兒，只見那位美編站起來往禮堂外走去，張氏兄妹低聲嘀咕了幾句，然後便忙着離座。

林第一問張瀟灑：「喂，你們有何公幹？你這渾蛋等會兒還回來嗎？」

「天知道！」張飛飛説。

張氏兄妹追隨那美編而去。林第一寂寞地坐着，頭轉來轉去，一分鐘內伸手撸了十來次頭髮。

正在此時，主編又設問題了，他讓大家討論能為《學生郎》做些什麼。禮堂內稍稍冷場了幾秒鐘，冷不丁^①又熱鬧起來，不少健談的小記者海闊天空，侃侃而談，也許都已習慣有問必答。

賈梅見,林第一孤雁般地伸着脖子，也許翹首以待着哥們兒張瀟灑，與周圍格格不入，就主動問話：「喂，請問你怎麼想？」

---

① 冷不丁：又作「冷不防」。

林第一立刻咧開嘴，露出淺淺的酒窩，老老實實地說：「我正在想，張瀟灑他們一定是去當公關先生、公關小姐了。」

賈梅笑笑，說：「回答不及格。我問你怎麼想主編的提問。」

「哦，他問什麼好話了？我沒記住。」林第一說完，又解嘲地說，「要記的東西太多了，我有時是故意忘掉一些亂糟糟的話。」賈梅被這句話吸引了，因為眼前的這位，是個平平常常，但我行我素的男生。

正在此時，主編嫌不過癮似的，又重申了一遍他的提問。這下，林第一輕笑起來，說：「原來如此！我還指望他會問出什麼人生秘訣！至少問一些談藝術的話也好。挺沒勁的，不是嗎？」

「那麼，就請你來回答幾句人生秘訣吧！」賈梅說，「就當他是問的這個。切記，不能引用名人名言！」林第一腼腆①地笑笑，沉吟了一會兒，說：「我的人生秘訣是，有空不如多跑步。每當我張開手臂向前急速奔跑時，總會感覺自己像鷹那樣騰飛，激奮得要命，那種感覺非常非常棒！」

「回答又不及格，那只是愛好啊！」賈梅點着他說，

---

① 腼腆：害羞、難為情。

「你愛好跑步，你得再說一段人生秘訣啊！」

「這就是人生秘訣！」林第一堅持道，「我的愛好是打電話，一生中將有許多時間守着電話機，等待別人的電話；也撥打別人的電話！信不信由你，上次我還跟你爸爸通過電話！」

「不可能！」賈梅叫起來，「你得承認你在開玩笑！」

「我敢發誓，」林第一說，「這是千真萬確的！」

林第一說他幾乎搜集到全年級每個男生的家庭電話，並非要給這些傢伙撥電話，而是作為一種收藏。上次張飛飛將藍水筆退還他後，他曾找出賈家的電話號碼，想撥過去向她解釋幾句。沒想到是賈家的老爸接電話，對方**甕聲甕氣**①地「喂」了一聲，他只好連忙說「對不起，打錯了」，隨後就把電話掛斷了。

「你說跟我爸通過電話，就是指他說『喂』的那次？」賈梅急切地問。

「他還說了句『沒有關係』。別笑，一點不可笑！我和他沒說幾個字。不過，這難道不算通過話嗎？」林第一固執地說。

賈梅不再**哂笑**②，面對執着而又誠懇的他，她顯得太任

---

① **甕聲甕氣**：聲音粗而低沉，粗聲粗氣。

② **哂笑**：嬉笑。

性了。何況，她心裏湧動着陣陣感激，現在，她敢肯定他是個善良、周到的男孩。他默默地關懷她，甚至，鼓足勇氣撥來電話，只不過中間被爸爸插手，造成「聯絡故障」而已！

他們絮絮叨叨地談了好久，直到張氏兄妹出現，那親切友好的談話才戛然而止。她注意到林第一收着肩穩坐在前排，偶爾與張瀟灑輕聲談幾句，舉止不同於先前，充滿了安詳的氣息。

賈梅覺得這是個奇特的上午，她立下誓言要牢記這個日子。就因為在這個上午，她初次知曉了一個男生的人生秘訣，以及他的愛好。而且，如果願意的話，她還可以推想出他的快樂是怎樣的，憂傷又是怎樣的……

當天晚上，賈梅和賈里剛開始看電視，電話鈴響起來。

賈里衝鋒一樣跑去接電話，他是接電話的積極分子，總認為自己是重要人物，彷彿常會收到緊急的公務電話！也不想想，接電話這件事不比其他事，是誰的電話，最終還得歸誰。再説，大人物怎會心急火燎地接電話呢？他們應該是**穩坐釣魚台**[①] 才對！

[①] **穩坐釣魚台**：出自中國古代《封神榜》中有關「姜子牙釣魚、周文王訪賢」的典故。姜子牙是個有識之士。他風雨不改每天於河邊穩坐釣魚台垂釣，希望與周文王相遇，並向他獻上自己的謀策。「穩坐釣魚台」比喻不受外界變化影響，按本子辦事。

那個賈里接過電話，就疑心病大發作，連聲問：「你是誰？是（2）班的嗎？通報一下姓名又何妨，難道你是無名氏嗎？」

這下，賈梅斷定是她的電話，便跑過去奪過話筒，叫了一聲：「喂！」

「我想問你，願意欣賞一下窗外的月亮嗎？」對方沒頭沒腦地問。

賈梅在心裏歡呼一聲：是林第一！她仰臉看窗外，果然瞥見夜空中掛着一輪潔白的大月亮，不由得激動地說：「月亮，我看見了！看見了！它好完美、好帥，如明鏡似的，蘊涵着無盡的詩意。」

「剛才，我對着月亮談了自己的一個夢想。」林第一說，「現在果然實現了！」

「什麼夢想？」賈梅問道，「能透露嗎？」

林第一說，那個夢想就是與一個同齡人一邊通電話，一邊賞月。

「這有何難！」賈梅說。

林第一握着電話說了許多有關月亮的話題，說月亮就像一面鏡子，所謂的月光，歸根到底還是太陽的光芒。他還說從網上得知，多少年來，人類只看到月亮光亮的一面，而它的另一面藏匿在陰影之中……

好事者賈里，恨恨地朝賈梅瞪眼，很是氣急敗壞，那

種兇巴巴的眼神，多看幾眼沒準兒會做噩夢的，賈梅乾脆扭轉身子，用脊背對着他。賈里一計不成，又生一計，將電視機的音量調到最大。害得賈梅不得不像老得耳朵半聾的外公那樣，大聲嚷嚷：「喂！喂！你説什麼？請再大聲些！……還是聽不清呀！」

林第一問她，是否還想着為《學生郎》做些什麼？

「當——然！」賈梅説道，「誰説不是呢？想盡——一份力量！」

末了，她聽見林第一拖着長音大聲吆喝道：「那好，下周——早點——去，在——禮堂——門口——碰頭！」

賈梅剛把電話掛斷，賈里立刻氣勢洶洶地追問説：「喂，那個岳亮是何方人士？快快坦白！」

「月亮？月亮是何方人士？」賈梅分辨道，「你氣糊塗了嗎？」

「我分明聽見你説：『嶽亮』，我看見了，你好完美，好帥！……」賈里生氣地在手心裏寫下「嶽亮」二字，説，「他是一中的嗎？説，心裏沒鬼何必抵賴啊！」

賈梅又好氣又好笑，大笑着對窗外的月亮説：「你聽見了嗎？賈里在讚美你！不過，他硬要給你起個別名叫嶽亮。」待她止住笑，抬頭看賈里一臉迷惘、瘭^①瘭的樣子，

---

① 瘭：難堪。粵音別。

便又佝下身子笑個夠，笑得賈里心裏有點七上八下，坐在那兒生悶氣。

周日一大早，賈梅直奔《學生郎》雜誌社。她感覺心裏像藏着塊蜜，輕輕一碰就會化開些甜絲絲的芳香。那個林第一只約定「早點去」，並不明說是幾點幾分，所以，使得賈梅早早動身，一路奔跑，只為不想做個磨磨蹭蹭的遲到者。

可是，林第一早在禮堂門口恭候了，他晃着一頭柔和的頭髮，身着一身淡色的衣裝，清淡得像個素色的影子。他迎着她無聲地笑笑，然後問：「怎麼，你找到奔跑時像鷹那樣展翅高飛的感覺了嗎？」

「好像找到一點。」賈梅回想着奔跑時的情景，答道，「不太多，也不太少！」

「那就好了！」林第一說，「現在，我們開始商量如何上台去完成主編大人下達的任務吧。」

「還是由你拿出個主意！」賈梅說，「我最擅長的是把別人的三流水平的主意改成一流的、與眾不同的主意。」

突然，林第一握着手指把它放在耳邊，裝成聽電話的樣子，說：「可我沒有三流的點子，只想得出一流的主意！喂，請問你是女生賈梅嗎？我是男生林第一！」

賈梅笑笑，也把手握起來放在耳邊，說：「喂，我是女生賈梅，請問男生林第一，你為何要給我撥電話呢？」

「為什麼不呢？」林第一仍然拿着「聽筒」説，「男生從來猜不透女生們在想些什麼，也吃不準她們眼裏的我們是什麼樣子！聽説有人特意去找小説來看，可小説裏的女生不是真實生活裏的女生，就像我們看月亮，只看見光亮的一面。所以我想，賈梅或許能幫我的忙！」

「我們也同樣不了解男生。她們有時像小孩，有時又像老頭。特別讓人費解的是男生和女生之間很少有永恆的、牢固的友誼，這又是為什麼？我們不想失去與世界上另一半人的友誼！」賈梅也在「電話」裏與對方推心置腹。

突然，林第一將話鋒一轉，説：「我們建議《學生郎》能多多討論這一類的青春話題，以解開廣大少男少女纏繞在心中的困惑⋯⋯」

「你怎麼了？」賈梅詫異地問，「像首長説結束語！」

林第一這才坦言，説他的主意就是請賈梅一塊上台，用男女聲一唱一和、打電話的形式，向《學生郎》提出這個建議。剛才這就算是排演過一遍了。賈梅聽後，笑着答應了。首先，這主意真是絕妙！何況，她一直發愁無法想出個不**傻帽兒**[①]的點子，現在真是上上大吉，也算為《學生郎》作了點貢獻，免得一想起主編熱乎乎的笑臉，就心中有愧。

---

① **傻帽兒**：中國內地用語，指傻瓜。

他倆又綵排了幾遍。賈梅說到做到，每一遍她都會冒出些許的妙點子。所以，兩個人「打電話」的時間越來越長，涉及的內容也越來越廣，幾乎感覺把雙方關心的話題全都挖掘出來了。

「馬到成功！」他倆都高興地表示。

可惜，輪到他們上台時，林第一剛開口說了三個字，那台上的話筒就啞了，而且怎麼也撥弄不好。直到電工跑來弄了半天，話筒方才恢復正常。

賈梅鬆了口氣，剛想拉林第一上場，重整旗鼓，卻被主編攔住了，他詢問了他們的發言內容後說時間不夠了，必須忍痛捨棄掉他們的亮相，因為已經安排了另一個曾為《學生郎》寫過三篇稿、發行了幾百冊的小記者來發言。

賈梅頭一抬，立刻，心如鐘擺似的亂撞起來：那人正是一中的王小明，那個會寫詩，在自己的詩裏大談抱負，字寫得潦草得連自己也辨認不出的男生王小明！

林第一臉灰灰的，嘟噥說世上有個人，就愛耍弄別人，他看誰不順眼，就可以讓人大出醜。

「你說的那個人是誰？」賈梅說，「聽上去好大的法道。」

「他叫命運！」林第一埋下頭，說，「沒勁！」

到了中場休息，王小明走過來與賈梅說話，差不多一年不見，男生王小明身架寬大了許多，上唇都長鬍子了，

他仍穿着舊校服，但舊衣裳下照樣有一顆真誠的心。

他遞給賈梅一張報紙，賈梅展開看看，也沒看出什麼名堂，就又折起來。

「回去再看吧！」王小明說，「那上面登載着我的頭像。對了，你，你高中打算考什麼學校？」

「一中是首選！」賈梅說，「可聽說那兒很難考！」

「沒問題！」王小明深情地說，「我來負責給你收集本校複習資料，你很明智，有志的精英學生都瞄準着一中，但願我們做校友……」

賈梅聽着王小明熱情洋溢的聲音，心裏想：也許，他以前在信裏寫過的話，現在仍然有效……

可是，正當賈梅和王小明談得熱火朝天時，林第一卻自顧自走掉了，連一點聲息都沒留下，若不是那個張瀟灑帶着壞壞的笑容給了賈梅一個林第一家的電話號碼，賈梅真不知到哪兒去尋找林第一呢！

賈梅撥通過多次電話，可惜，接電話的人每次都說林第一不在家。賈梅聽那人的嗓音極像林第一，就追問他到底是誰，能否替她帶口信給林第一，告訴他，她盼望能繼續他們的友誼，那種真正的、永恆的友誼。

「我是他哥哥！」對方說，「我保證把所有的口信都帶到。但他主意已定，情願回到從前的平靜時光，要知道，他永遠踏不進重點學校的門，他是被命運冷落的人！」

賈梅叫起來，「你就是林第一，我敢肯定！」

「我敢肯定，我不是！」對方口吻沉重地説，「再見！」

然而，隨着那一聲沉重的「再見」後，林第一果然處處避着賈梅，兩個人在校園內相遇時他也視而不見，形同路人。到了又一個周日，賈梅特意去參加《學生郎》聯誼活動，巴望出現些奇跡。可她在那兒遇上的只是王小明，他正站在禮堂門口，望眼欲穿地注視着她來的方向，當他發現她時，眼裏立刻掠過灼人的光彩，讓她不敢正眼去看他。

而那個林第一，徹底退出了《學生郎》的圈子。

賈梅十分傷心、失意。張飛飛在這種時候顯出獨有的好心腸。她主動告訴賈梅，林第一這輩子就沒有過什麼哥哥，又説林第一成績很差，所以特別自卑，有一次他曾勸説張瀟灑初中畢業後陪他一塊去當兵，弄個軍銜回來，可張瀟灑另有打算。所以將來的去向已成了他的一塊心病。

很不幸，只因賈梅在聽張飛飛説林第一的故事時，淌出了淚水，不久，整個年級都盛傳着賈梅患上了單相思的傳聞。甚至，賈里也聽到了這個鬼話，他特意從《當代作家話早戀》這本書中摘抄了幾段，夾進賈梅的日記本中，其中一段是：「失戀的意義是助人成熟！」還有一段是：「愛情不是原則行為，而是社會產物。」除此之外，賈里還自

作聰明地加上一段：「奉勸你早日忘掉那個可恨的嶽亮，去追求自己美好的前程！」

其實，除了許多無法言喻的痛楚、失落外，賈梅遺憾在心的，還有她和林第一盡心好綵排了許久的「電話建議」，還沒有出台，就已經夭折了。假如她早知這一切會如此短暫，稍縱即逝，她一定精心呵護他們交往中的分分秒秒。

賈梅不死心，她期望總有一天還能續寫這溫情友愛的故事……

選自《女生賈梅新傳》

閃亮的螢火蟲

你見過一種微弱的光嗎？——可惜在白晝或者在強烈的光線下你永遠也找不到牠，牠太微弱了，只有火柴頭那麼大。一閃，一閃，好像隨時會熄滅。只有在夏日的夜晚，你坐在院子裏的棗樹下乘涼，或是光着腳丫跟着小伙伴們跑到打穀場玩捉迷藏，偶然，不，只要你有兩隻能看清遠處那模糊的樹影的眼睛，你准會發現，在雜草叢生的土丘上，在那密匝匝^①的酸棗棵子裏亮着一盞盞燈，似乎還長着可愛的小翅膀，牠們在微風中飛着，開着歡樂的舞會，把濃重的夜色裝扮得花花點點……

十多年過去了。這微弱的光幾乎在我的記憶中熄滅，然而昨夜——在我回家鄉的第一個夜晚，它，又在我心頭燃着了，撼動了我的心。

昨夜，我獨自宿在叔叔家的堂屋^②裏。熄了燈，月光從窗外流進來，如水一般清澈，我彷彿覺得又回到了童年時代。呵，在小清河裏游水，水花追逐着我的腳跟，活蹦亂跳的

---

① 密匝匝：又多又密。
② 堂屋：院落房屋的正房，多為祭祀祖先或舉行宴會的地方。

小蝦……一顆流星從星空飄下來，劃出美麗的金色的弧線。不，那是一盞小小的燈，輕悠悠地朝我飛來，無聲地圍繞着我舞着，一圈兩圈……我張開手，牠落在我的手掌上，無聲無息地停着，流露出無限的依戀。孤獨的小燈，難道你也想尋求人世間的溫暖？我忽然想到，剛才鄉親們在這裏歡聚時，牆上曾停着一隻色彩黯淡的小蟲。小小的精靈，雖然弱小卻不甘心與黑夜一般漆黑，用牠的生命發出真切的光。

啊，螢火蟲，你曾有過一個透明的軀體，做過一次透明的夢？

牠飛走了。在小小的**窗櫺**[1]上閃了一下。便把那熒熒的弱光融入月色之中。我想，等牠明天夜裏再來時——我相信牠會來的，我將為牠講一個非常古老的故事……

一　賽一場歌謠

我是在北方一個偏僻的小山村裏長大的，那個村子有一百多戶人，和我年齡相仿的孩子卻有五六十個。因為從小叔叔就教會我寫簡單的字，所以村裏的孩子全管我叫「**秀才**[2]」，叫就叫**唄**[3]，反正這不是什麼壞綽號。

---

[1] **窗櫺**：窗子上用木條交錯劃成的格子。

[2] **秀才**：中國古代考試制度中，考上「秀才」是獲得功名的最低門檻。

[3] **唄**：助語詞，中國內地較常用。

一天，對門的順兒不知從哪兒借來張地圖，對我說：「識字的秀才，看你能不能找出俺[1]李家莊在哪裏。」

「當然能！」我當即誇下口，就把地圖平攤開，趴在上面找呀找，把那些螞蟻般大小的字都挨個看了，眼睛都看酸了，就是找不到「李家莊」三個字。不用說，那個畫地圖的一定是個偏心眼，要不為啥[2]把咱[3]村給漏了？怎麼辦？我靈機一動，對着地圖瞎點一通。「這是咱們的老禿山，這是小清河，河邊還有騎毛驢的。」

順兒嘻的一聲笑了，說聽大人們念叨[4]，中國大哩，咱村真要上了地圖的話，大概也只有針尖那丁點大，根本看不見。不過，如果要有苗老師那樣的玻璃片片，說不定能在地圖上找到李家莊。

快別提那玻璃片片，全村就小學校裏瘦瘦的苗老師鼻樑骨上架着那金貴玩意兒，他是個小氣鬼，有一回，我大着膽子對他說：「苗老師，你那玻璃片片讓俺戴戴，看看是啥滋味。」你猜他怎說，他急忙用手扶住眼鏡，說：「去，去，別胡鬧。」多氣人，一連幾天我都在背地裏罵他「苗瞎子」。

---

[1] 俺：北方方言，指「我」的意思。

[2] 啥：什麼。

[3] 咱：我、我們。

[4] 念叨：嘮叨。

我用拳頭搗着順兒的脊背：「讓你唬我，讓你使壞。」他躲閃着，繞着地桌打轉轉：「這兒是小清河，河邊還有騎毛驢的……」

「順兒，呃咳……順兒。」對門傳來老**地主**①的叫聲，我最恨他，每回他聽見順兒在俺家玩就會有氣無力地喊，活像招魂的野鬼。

順兒嘟着嘴，慢吞吞地往回走，跑到院子裏，轉過身來對我説：「捶得我好疼，真是匹愛**尥蹶子**②的小馬。」説完，一陣風似的跑了。

這還是叔叔給我起的外號呢。我的叔叔長得可結實啦，高高的個寬寬的肩，像一個鐵打出來的漢子。他每次**趕集**③回來，都會用那雙大手把我舉起來，讓我攀着橫樑打秋千，可我每回都當了**草雞**④，嚇得閉上眼嗷嗷直叫喚，他哈哈大笑起來：「真是匹小劣馬。」他把我放回到地上，一隻大手在布**褡褳**⑤裏摸索着，慢慢地摸出一串冰糖葫蘆來，

---

① **地主**：故事的背景是初成立的中華人民共和國，以貧窮農民為主力的共產黨戰勝國民黨，建立新中國，實行共產主義，反對資本家如地主的剝削。因此故事中不時出現討厭地主的言論。

② **尥蹶子**：形容馬、騾等動物發怒時用後腿向後踢的樣子。尥，粵音料。

③ **趕集**：在偏遠地區，人們要在一定的地點、時間進行買賣，人們都趕在那個時候去交易，稱「趕集」。

④ **草雞**：原指母雞，這裏比喻怯懦的情況。

⑤ **褡褳**：長形布袋。

那通紅通紅的山楂果外面裹着一層發脆的糖皮兒，亮晶晶的像塗了層油彩，咬在嘴裏沙啦啦地響，離兩步遠那股酸甜味就一個勁地往鼻子裏鑽，饞得人直想流口水。

叔叔笑眯眯地看着我：「乖孩子，叫我一聲爸爸。」

叔叔和嬸嬸沒有孩子，大老遠地把我接到這裏當女兒養，叔叔待我好，我也挺愛叔叔，可是叔叔就是叔叔，怎麼能變成爸爸呢？我把腦袋擺得像撥浪鼓：「你不是爸爸，我知道你是爸爸的弟弟。」

叔叔深深地歎了口氣，寬闊的胸脯起伏着，把冰糖葫蘆遞給我，真奇怪，他的胳膊變得像風中的麥秸兒那樣無力，盤着腿坐在炕①上吧嗒吧嗒抽悶煙，煙氣滿世界飛。他為什麼悶悶不樂？大人應該比娃娃幸福，要不我們為啥都希望快長大，快長大？

沾了一手白麵的嬸嬸趕過來，臉上堆着笑，細聲細氣地勸着叔叔，她的聲音很輕，簡直像蚊子嗡嗡叫，我猜到那些話與我有關，不知為什麼，我有點可憐嬸嬸，嬸嬸有點怕叔叔。

「滿妹子，滿妹子。」

順兒在大門外喊我，他爺爺又在「咳，咳」地叫了，順兒裝沒聽見，還像只不知疲倦的蟬兒似的喊：「滿妹子，

---

① 炕：中國北方地區用磚或泥在屋裏砌的牀。

滿妹子。」

今兒個①咱要上老禿山和鄭莊的孩子賽歌謠。「哎，來了⋯⋯」我應了一聲，撒腿就往外跑，院子裏的那些雞全讓我轟上了**柴火垛**②，拍着翅膀咯咯咯地叫，那隻**頂**③能下蛋的花母雞還朝我瞪眼，我疑心牠們是在罵我。管他呢，反正咱們聽不懂。

順兒倚着棕色的土牆等我，他比我大五個月，可比我能幹多了。剃頭師傅圖方便，給他推個光頭，加上他一年四季總愛穿黑顏色的褂子，乍一看像個小和尚。他長得格外招人疼：圓臉，細眼，一說話就露出那對闊虎牙。

春天真美。柳樹冒出了新芽，那嫩黃色的芽兒真像毛茸茸的小毛蟲。燕子從南方飛回來了，飛得低低的，就在頭頂上，彷彿一伸手就能抓住。順兒拉着我的手順着山徑往山頂跑。老禿山其實並不禿，隊裏在山上栽了不少果樹，到了秋天紅紅綠綠的果子掛在樹枝上。有些野葡萄樹、酸棗棵是自個長出來的。它們專愛**剮**④孩子們的衣裳，因為那被剮壞的衣裳，娃娃們常挨大人的罵，可咱們仍然喜歡往那些野棵子裏鑽。

---

① **今兒個**：今天。

② **柴火垛**：柴火堆。

③ **頂**：副詞，指「非常」。

④ **剮**：削割。

閃亮的螢火蟲

順兒跑得好快，我跟着他邊跑邊呼呼地喘着粗氣，只聽春風在耳邊唱歌。呵，山頂上，咱們的隊伍到齊了——二牛、棗花、金枝、小菊一大幫子人，一個個叉着腰站在山頭上，頭上長兩隻旋兒的二牛連聲埋怨咱倆：「急，急，急死人了，才，才來呀。」

果然，對面的山上鄭莊的娃早擺好了架勢，領頭的孩子王山猴，精細的腰間還束了根武裝帶，一張窄窄的臉上大眼睛骨碌碌地轉，他為什麼和他的外號長得那麼像！山猴算個什麼，要是順兒有那麼根皮帶，准比他神氣十倍。

我們兩個村子的山頭中間隔着條小清河，河水清得能一眼瞥見河底那些深褐色的鵝卵石，方的、橢圓的、三角形的，各種形狀都有，還有些薄石片，透明的，很薄很薄，像刀子一樣能割開手，要是在冬天裏賽歌，我們都愛在河邊撿冰碴潤潤嗓子。

兩軍對峙，二牛沉不住氣了，嘟噥道：「開，開始喊吧，憋，憋得怪難受的。」他是個結巴，卻偏偏又是個愛説話的人，不過大家早聽習慣了，也沒人笑話他。

咱李家莊的孩子合着拍唱起來：

「鄭家莊，不嫌髒，洗腳水，下麵湯，不吃不吃硬盛上喲。」

鄭莊的孩子也亮開嗓門應戰：

「李家莊，不嫌髒，洗腳水，下麵湯，不吃不吃硬盛

上喲。」

　　雙方都以為這是天底下最美的歌謠，況且誰願意承認自己村莊用洗腳水做下麵湯呢？大家鼓着腮拚命唱，歌聲先是有節奏的，此起彼伏，可漸漸就亂了起來，心急的顧不上去聽別人唱什麼了，只顧自個兒唱，這個笨二牛竟和着鄭慶娃的調頭唱起「李家莊，不嫌髒……」我推了他一把，他還衝着我笑呢。他常來找我玩，可是我不喜歡他，他又強又兇，哪一點也比不上順兒，看今天他又出了洋相。

　　滿山滿嶺都響着我們的歌聲，吵得人耳朵都要聾了，清河邊的公路上，騎毛驢**串親**[①]的老婆婆都用手捂住耳朵，這使我們很開心。咱村的孩子大都有着小叫驢般的嗓門，很快就佔了優勢，只聽一片「鄭家莊，洗腳水」的喊聲。

　　賽歌謠有個規矩，佔優勢的一方能主動衝鋒——順着山的斜坡衝向清河，哪一方的全部人馬先到達清河邊，搶先喝到河水就算勝利了。這可是關鍵的一招，咱莊的勇士們吶喊着「早到喝糖水，晚到喝臭水」，一窩蜂地往山下擁，簡直像滾下幾顆小石子那般快，揚起的塵土像霧一樣濃。

　　正在這**節骨眼兒**[②]上，棗花栽倒在地，骨碌碌地滾下

[①] **串親**：指「串親戚」，到親戚家拜訪。

[②] **節骨眼兒**：關鍵點。

山去。真懸，要不是讓一棵大樹攔腰擋住，她非摔斷腿不可，只聽她哇的一聲哭了。棗花平時說起話來細聲細氣的，可哭起來聲氣倒不小。

誰還顧得上跑？我和順兒跑得急，收不住腳了，我學他的樣一屁股坐在地上，這辦法最靈了，滑上三五步就停住了，只是蹭了一褲子的泥。

棗花的哥哥二牛臉漲個通紅，活像隻打鳴的公雞：「號^①，號，號吧，誰，誰讓你上這來了，丟，丟人……」

他是嫌棗花丟了他的臉，他最愛逞能。被他一嚷，棗花嗚嗚地哭得更傷心了，她從不敢和哥哥頂嘴。她家就二牛一個男孩子，全家都把他當王子慣，他有時還愛用腳踢棗花。

山猴他們在對面山上喊：「衝呀，李莊的趴下了。」聽人家喊得那麼歡實，咱的心裏像塞進團亂草，真想找誰打一仗才好。

順兒**吭哧**^②吭哧背起棗花就走，他可有勁啦，每天進山砍柴都背回一大捆。已經晚了，等我們氣喘吁吁地趕到河邊，鄭莊的娃們早到了，把嘴巴伸在河面上咕嘟咕嘟地喝着，邊喝邊呲着嘴朝咱們擠眼，好像那河水裏摻過白糖似的，尤其是那個山猴，還大聲說：「好甜！」我瞅他簡

---

① 號：放聲大哭。

② 吭哧：形容說話支吾，吞吞吐吐。

直像個醜八怪。

「李家莊的小哥們快投降吧。」山猴他們學着京腔兒説。

「誰投降？」

「臭美！」

「俺們沒輸。」

咱們像炸開了鍋吵成一片。誰肯投降？只有電影裏的二鬼子才舉白旗投降呢！

山猴把瘦胸脯拍得砰砰響：「別麻雀當家——七嘴八舌的，你們説，這回賽歌誰輸了？」

順兒扯住二牛，這二牛早在撸袖子準備打架了。順兒説：「還有下回咧，騎驢看唱本——走着瞧呀。」

鄭莊的娃兒甩着袖兒揚長而去，還把手塞在嘴裏打**呼哨**^①，這真能氣死大活人。順兒虎着臉，闊虎牙在下唇上咬出幾個白印來。二牛憤憤地責怪順兒：「誰讓你，你認，認，認輸了？」

棗花臉煞白，小聲説：「別怨順兒哥……」

「去，去你的。」二牛發起威來，伸手想**操**^②棗花，順兒忙護住棗花，説：「要動手還是咱倆打，欺負小姑娘算啥大能人。」

---

① **呼哨**：把手指放進嘴裏，吹出哨子聲。

② **操**：推。

「她是俺，俺家的人，吃，吃咱家飯，」二牛的聲音漸漸地輕了，「待會兒告訴娘，讓，讓娘揍她……」

棗花嚶嚶地哭起來。

拖着兩道鼻涕的金枝忙説：「丫頭片子①就愛掉金豆②，下回賽歌乾脆除了她的名。」

這個金枝最愛挑丫頭們的毛病，還專出些餿主意。我説：「憑啥除人家的名？説人壞話嘴裏長瘡。」

金枝神氣十足地説：「你不服氣？哼！」

二牛瞪了金枝一眼：「滿，滿妹子比你好，她叔，叔是隊長，你，你爹算，算個啥？」

我説：「乾脆，同意除棗花名的都舉手，不同意的就不舉手。」説着，我把手藏在身後，表示堅決不舉手。

男孩子們全舉起了手，連向着棗花的順兒也舉了手，二牛還同時舉了兩隻手。他們真狠心，沒看見棗花紅着眼睛可憐巴巴的樣子嗎？她的臉一下紅到耳朵，捂着臉跑了。

棗花的好朋友小菊眼睛盯着地皮看：「乾脆把俺的名也除了吧。」

大妮也附和着説：「反正你們瞧不起人。」

二牛洩氣了：「丫，丫頭們不幹了，光咱，咱們小子

---

① 丫頭片子：中國北方語言，意思是：「這個丫頭」，帶責備意思。

② 掉金豆：比喻小孩哭出眼淚。

去唱，非，非受氣不可。」

「乾脆散夥！」這是金枝的點子。

順兒火了：「你們散吧，剩下咱和山猴他們賽，咱可不是熊包[①]。」他賭氣地偏過臉去，脖子上暴出的青筋一跳一跳的，像幾條細蚯蚓。

「咱是説着玩的。」金枝馬上轉口。山裏的孩子最忌諱被人稱做「熊包」，大家爭先恐後地表白自己：「俺不散。」「還能不敢和山猴賽？」「去他們的。」

我忙説：「咱誰也別嫌誰，乾脆去把棗花找來，我唸過一本書，上面寫着『多一個人多一份力』。」

「好，好。」大夥都贊成，才一會兒工夫，連愛説怪話的金枝也叫起好來。

「我——來了。」棗花從一棵大樹後面閃了出來，原來她沒捨得離開大夥，悄悄地躲在這裏，多機靈的丫頭！她紅着臉，羞答答地説：「往後呀我不哭了，摔疼了爬起來再跑。」

不知誰領的頭，咱們全劈劈啪啪地鼓起掌來，手掌拍紅了也不知道疼。多熱鬧！咱李莊的娃兒和別村賽過那麼多回歌，只有這一回笑得最甜。

棗花忽然悄聲問二牛：「哥，你還揍我嗎？」

閃亮的螢火蟲

二牛搔了搔頭皮：「俺，俺早忘了。等，等會兒，哥逮，逮個小雀送，送你。」他有時候也挺愛護妹妹。

「我也送你一個。」順兒湊在我的耳邊說。

二　雞蛋會長腿跑嗎？

「像個泥猴，瞧臉上那些泥道道，那手活像老鴉爪子，也不怕人笑話。」剛進門，嬸嬸就連聲埋怨我。她最愛乾淨了，身上那件藍布褂總是平平板板的，稍微沾了些灰星兒就撣[1]個不停。別看她虎着臉替我擦手、洗臉，我根本不怕她，因為她從來不對我發火。我吐了吐舌頭：「嗐[2]，那盆清水成了泥湯了。」

嬸嬸臉上有了笑容，疼愛地說：「趕明兒[3]再去野就把這水給你做湯喝。餓壞了吧？快去吃，多吃點。」

嬸嬸烙的發麵餅，又韌又軟，還炒了盤油汪汪的雞蛋，真香，這是我最愛吃的食物。坐在桌邊的叔叔夾了兩大筷雞蛋堆在餅上，然後把餅捲成一個捲筒，遞給我，他捲得好細，那餅子變成笛子形狀，咬起來特別有滋味。我偷偷地掃了他一眼，只見他嘴角邊盪漾着微笑，眼光像平日那

---

[1] 撣：拂灰塵的動作。

[2] 嗐：表示感歎的語氣。

[3] 趕明兒：改天。

樣柔和，他已經把我不肯叫他爸爸的事忘記了，有時候大人的記性不如小孩好。

我衝着叔叔笑：「俺今兒個去賽歌謠了，偏偏輸給鄭莊的猴他們了。」我故意沒好氣地把山猴稱為猴。

「我的小馬還會輸？」他逗着我，用那雙粗大的手**摩挲**^①着我的腦袋，他的手掌上像長了許多小鈎子，碰上我的頭髮就嚓嚓發響。我注意到每回叔叔生完悶氣以後都會比以前加倍地疼我，我總希望他的手永遠不要從我的頭頂上移開。

嬸嬸坐在炕上**納**^②鞋底，她照例要到我和叔叔吃完以後才吃，也不知這是誰定的規矩。嬸嬸把針兒在頭髮上蹭蹭，刷地一下穿透鞋底，頭皮簡直像塊磨針石，把針兒磨得又快又亮。她納的千層鞋底特別結實，穿一年都穿不爛，瞧她哧哧地抽緊線，細麻線在她手上勒起一道道紅印。有的時候，我捧起她的手使勁地哈上幾口氣，問：「嬸，還疼嗎？」這時候嬸嬸變得格外高興，把我緊緊摟在懷裏，連聲説：「好妹子，乖妹子，真是個金不換的巧妹子。」

現在嬸嬸上上下下地打量我，對叔叔説：「她叔，滿妹子都九歲了，有些孩子像她那麼大早上學了，該**合計**^③

---

① **摩挲**：用手搓揉。

② **納**：這裏指縫補。

③ **合計**：計劃。

合計這事了。」

叔叔嗯了一聲，說：「等秋天就送她去，有出息的孩子都唸過老多書，把她交給苗老師，准沒錯。」

我才不願意唸書去呢！當個小學生背起小書包當然挺來勁，可成天價坐着，連胳膊、腿都不能隨便動彈，誰幹呀！再說，我頂不喜歡學校的苗老師，他瘦得像蝦公公，還戴着那古怪的洋玩意兒，連他的姓也稀奇，全村人都姓李，就他一個人姓樹苗的苗，況且有一回我罵他「苗瞎子」讓他聽見了，不記仇才怪哩！但我又不敢把這些對叔叔講，只能獨自瞎尋思。

嬸嬸把熱乎乎的嘴巴貼在我的耳朵皮上軟軟地說：「乖妹子，聽叔的話好好唸書，嬸每天給你煮個大雞蛋吃，俺家妹子心兒靈，准天天打個五分。」她把我誇得心裏像有條歡樂的小蟲在爬，加上我知道叔叔說了話別人很難推翻，因為他是十分固執的。

我心想：「還是先去問問順兒吧，讓他給我拿個主意，他總是向着我的。」我用手背一抹嘴就往外跑，嬸嬸緊走幾步，跟我走出房門，遞給我兩張餅：「去捎給順兒，這沒爹的孩子。」

我真奇怪嬸嬸怎麼會看透我的心思的。

順兒家就在咱家對門，我推開虛掩的大門，尖着嗓子叫：「順兒。」我聽見那老地主咳咳地乾咳着，心想：「這

討人嫌的老頭就像讓魚骨頭鯁住喉嚨口似的。」

破舊的屋檐下燕子已用銜[1] 來的黃泥築成一個半碗形的窠[2] 兒。這對燕子每年春天都飛到這裏來安家，是咱們的老朋友。每年秋天它們要飛回南方過冬了，我和順兒倆便用白布做一個大拇指那點大小的口袋，裏面裝滿蔥籽，縫繫在燕子尾巴上。聽大人們説，南方缺這個。説也怪，今年春天燕子飛回來時帶回一個花口袋，裏面有幾顆花籽，還有張小薄紙條，我認得那些字，上面寫着：「我叫剛剛，我們南方可好了，你們來做客吧。」

裏屋的門吱的一聲開了，走出個黃黃瘦瘦的女人，三十多歲，頭髮亂得像鵲窩，這是順兒他媽。順兒爹得傷寒病死了，順兒娘扔下順兒嫁給四十哩地外的大楊村的皮匠，隔一年半載的上李莊來看看順兒，每回都帶幾個餜子[3] 來。她一來，村裏的金枝媽就在她背後點點戳戳，説順兒娘福分淺，前頭的男人死了，後頭的男人又不正經……

順兒娘勉強地笑笑：「這不是對門的滿妹子嗎？出落得好俊哪，進屋坐坐吧。」

駝着背的老地主點頭哈腰地裝出副老實相：「順兒

---

[1] 銜：用嘴叼着東西。

[2] 窠：巢。

[3] 餜子：中國北方方言，指油條。

他娘，咳，咳⋯⋯送幾個餜子給妹子，咳，順兒常吃她家的⋯⋯咳咳。」

去他的，我扭頭就走，順兒娘在我身後喊：「見了順兒催他回，我想見見他，天黑前還，還得趕回楊村。」

順兒躲哪兒去了？我在池塘裏找了片大荷葉，把餅包上，慢慢地走上老禿山，迎面碰上幾個砍柴的孩子往回走，二牛也是其中一個，我問他：「見着順兒了嗎？」

他很不在乎地搖着四方腦袋：「沒，沒見，山，山裏連個鬼都，都沒有。」

山裏靜悄悄的，只聽什麼蟲兒在鳴，聲音發脆，我有點害怕，放開喉嚨喊：「順兒——你——在——哪兒？」聲音在山谷間回蕩，果然壯了膽。

只聽哧溜一聲，從身旁的樹上溜下個人來，像山貓那般敏捷，伸手奪去我的餅，塞在嘴裏大嚼大嚥起來。這個死順兒嚇了我一跳！他騎在樹杈上幹啥？我捶了他一拳，他香甜地**咂着嘴**[①] 説：「我正在想樹上長出餅來就好了，哎，正想到這兒，你就送餅來了，我不應聲，等着你走近來⋯⋯」

「你娘找你，説想見你，她還帶來香噴噴的餜子，我還見了呢。焦黃的，滴着油。」

① **咂嘴**：吃完東西後用舌頭舔嘴的周圍，表示吃得很滋味。

他搖搖頭：「俺不回去，坐在樹杈上能見着山下的公路，俺娘准從那裏經過。」

「要是她要帶你去楊村，你去不去？」

他撇了撇嘴：「那裏不是我的家，那狗皮匠還打人，我真想咬他一口，他欺負俺娘。」

去年順兒娘來看順兒，在李莊住了一宿，第二天早上楊皮匠就晃晃蕩蕩地到李莊來了，一嘴黃牙，滿身酒氣，見了順兒娘張口就罵，一伸胳膊就把她搡倒在地，順兒衝過去咬了他一口，他伸手給了順兒一巴掌，打得順兒滿鼻子淌血。臨走時，他罵罵咧咧地說：「小雜種，你要敢到楊莊來，老子扒了你的皮！」順兒摟住娘，央求她別再去楊莊了，娘流着淚推開他，跟着皮匠走了。大概是為了這個，順兒才不回去見他娘。

我看着順兒，順兒也看着我，我們從小就是好朋友，我見他心裏難受就想掉淚。

「你找我幹啥？」他眼睛看着別處岔開話去，他真懂事，有時像個小大人，如果我能為自己挑選一個哥哥，那我一定挑他。

我拉着順兒在地上坐下，把叔叔要送我上學去的事一五一十地告訴他。

他邊聽邊找了根小棍在地上畫着杠杠，橫一條，豎一條，說：「讀書多好，寫字、唱歌、做操，還走正步。」

他仰着臉用舌尖舔着嘴唇：「我真有點**眼饞**[①]你，要是我爹還活着，他也會送我上學的。可現在，我一點錢也沒有，連書都買不起⋯⋯」

順兒的爺爺整天咳咳咳的，有時候哼哼唧唧地給隊裏撿糞、看瓜掙點工分，連口糧錢都不夠。順兒天天進山背柴，除了自家燒的就上集換些油鹽回來。怎麼辦？我不由得替他犯愁了，想呀想，終於想出點子來，湊在順兒耳邊一說，他連連擺手：「俺不，你去唸書吧，放學回來再教俺，要是俺腦瓜不好，你這個秀才就捶我，俺准不喊疼。」

多掃興！他不幹我自己幹，反正我拿定了譜。

從那天起，每當那只花母雞咯咯一叫，我就搶先奔出去撿蛋，花母雞下的蛋特別大，圓滾滾的，從雞窩裏掏出來放在臉上擦擦，光溜溜的還暖手呢，我踮着腳，悄悄地把它藏在院裏的乾草堆裏，回來對嬸嬸説：「我把雞蛋放進小篓子了。」

一、二、三、四⋯⋯我終於攢下八個雞蛋了，心裏盤算着等攢夠十個就拿到**供銷社**[②]去，在那裏雞蛋和錢一樣能換東西。我不換那些糖呀餅呀，也不換那做夢也想着的

[①] **眼饞**：羨慕。

[②] **供銷社**：在中國內地的合作社，人們把食物、金錢或其他物品帶來供銷社，換取他們需要的物資。

萬花筒，單給順兒換兩本書來，那貨架子上就有那書，飄着油墨的香味，一頁頁嶄新的紙像新票子一樣薄得能割下耳朵。

嬸嬸問我：「滿妹子，你天天往小簍子裏添雞蛋，我咋①沒看見雞蛋多起來呢？」

我的臉刷地紅了：「嗯，嗯，它們跑了。」

「跑了？」嬸嬸張大了嘴巴有點吃驚。

叔叔朝我眨眨眼：「我們的小馬説得太有道理了，有的雞蛋還會長翅膀飛呢，哈哈！」説着大笑起來。

我巴不得他這麼説，忙點頭表示同意，嬸嬸向來是順着叔叔的，叔叔這麼説，她好像相信了，也不再追根刨底了。

第二天一早，花母雞就下完蛋，「咯咯咯」一個勁地表功，我拖着鞋皮子出去撿蛋，特意撒了把秕高粱穀給牠，早知道牠能幫這麼大的忙，真不該整天轟着牠亂跑。我捏着雞蛋，躡手躡腳地走到草堆邊蹲下，扒開一層草，怪，雞蛋一個都不見了！我再找，把草堆都翻遍了仍然沒找到。難道它們真的飛走了？可順兒的書……心一急，哇的一聲哭了。

嬸嬸連忙勸我：「別哭，別哭……」我賴在地上不肯起來，越哭越傷心：「嗚嗚，我的雞蛋沒了，就在草堆裏，嗚嗚，俺家的草堆。」

---

① 咋：怎麼。

叔叔臉上一點笑模樣也沒有，問：「我真不明白雞蛋怎麼會跑到草堆裏去的，真怪。」

「是我藏在裏邊的。」

「好，你先說說為啥要把雞蛋藏裏面，告訴我，等會兒我幫你找。」

大人總比小孩有辦法，我說：「我想給順兒換書，他也想唸書，就是沒錢買書……」

叔叔緊皺着的眉頭舒展開了，他用衣袖替我擦去淚痕，悄聲寬慰道：「真是匹好心腸的小馬，比你叔叔強多了。是啊，你和順兒是最好的伙伴，應該一同背着書包上學去，我和你嬸嬸一定幫助你。」

原來，昨天傍黑，叔叔看見花母雞伏在草堆上不肯進窩，便跑過去一看，花母雞竟在那裏孵蛋，這個機靈鬼，一定用嘴巴在草堆上東啄西啄，結果把蓋得嚴嚴實實的雞蛋啄露出來了。

「叔叔，你真壞！」我撒着潑。我想起了叔叔昨晚的話，我為什麼沒聽出他的話音來？

「什麼？什麼？」叔叔很認真地問，我終於沒敢把這話再重複一遍。

嬸嬸手裏提着小簍子走出來，小簍子裏裝滿了雞蛋，她眼睛看着叔叔：「我又添了十二個，一共二十個，給順兒換兩本書再換幾枝鉛筆，當個學生，這些東西都少不了的。」

「嗯，你有空的時候再給他做個書包⋯⋯他爺爺是地主，可孩子沒錯，我看這孩子挺機靈也挺勤快⋯⋯」

嬸嬸滿臉是笑地看着我，我撲過去把臉埋在她懷裏，她的心嘭嘭地跳着，聲音好聽極了，她的心一定像金子那樣亮堂，等我長大了也要做嬸嬸那樣的好人。

「還是個嬌娃子。」叔叔含笑地說，「快去買書吧。」

三　逮魚蝦去

我一蹦一跳地往供銷社跑，冷不防撞在一個人身上，定晴一看，那人卻是村裏的二流子李羅鍋——四十歲光景，留着山羊鬍子，這種天氣還穿着油花花的棉襖，大概單衣服都讓他換成燒酒喝了。此時只見他嬉皮笑臉地對着我說：「你把我撞壞了，得交出幾個雞蛋來補補我身子。」

「不，是你撞我。」我的腦門正撞在他的衣扣子上，好生髮疼。

「算啦，我要兩個小點的雞蛋就行了。」

「不給，這是給順兒換書本的。」

「給那地主崽子①？好哇，真是有種出種，你叔包庇老地主，你包庇小地主，你們家都快和地主穿上一條褲啦！你給不給？不給我送你上區裏評理。」

---

① 崽子：指「小畜牲」，是罵人的話。

去他的，我才不會被他唬住呢！我看見甘泉哥和翠花姐肩挨肩地走近來，便大聲呼救：「甘泉哥，快來！」李羅鍋恨恨地瞪了我一眼，跺跺腳跑了。

翠花是二牛和棗花的姐姐，她模樣長得俊，說話像唱歌一樣，那兩根油浸浸的大辮一直垂到膝蓋。她初中畢業回村參加勞動，近來老看見她和甘泉哥在一起，二牛私下告訴我，他娘讓他管甘泉哥叫哥，看他神氣的，好像甘泉哥成了他家的人了。

我對甘泉哥說：「李羅鍋說叔叔包庇老地主，這是真的嗎？」甘泉哥是村裏的**團支書**①，他對誰都和和氣氣的，從不逗人。

翠花姐拉着我的手，還替我提着小簍子，邊走邊告訴了我這麼一件事。

土改②那時候，李羅鍋不知怎麼也混進了**貧協會**③。有一天晚上，他溜進存放浮財的倉庫，偷了一大包值錢的東西，出來時恰巧讓順兒爹看見。第二天，貧協會發現少了

---

① **團支書**：中國共產主義青年團的基層單位。

② **土改**：土地改革運動，中華人民共和國於 1950 年代建國初期進行的運動。地主的土地被沒收，分配給無地或少地的農民，以提高農民的生產力。

③ **貧協會**：貧下中農協會，中國於 1960-1980 年代的農民組織，主張對抗資本家的剝削。

東西，認為地主搗鬼，順兒爹就把這事講了出來，李羅鍋死不認帳，結果從他家搜出了贓物，他才變成了洩氣的皮球。自那以後，李羅鍋常常藉故闖進地主家亂砸東西，還把老地主捆起來用皮帶抽，叔叔知道這事以後就向上級揭發了李羅鍋幹的壞事，並把他開除出貧協會，所以李羅鍋恨透了叔叔。

翠花姐説：「別去理李羅鍋。」

甘泉哥説：「他是堆臭狗屎。」

嬸嬸正在井台上打水，對我喊：「滿妹子快來，別纏着你翠花姐他們，人家可有講不完的話。」

「俺也聽聽不行嗎？」説真的，我真喜歡聽翠花姐清脆的嗓音。

翠花姐的臉紅了，真像開了朵桃花，她低着頭跑了，甘泉哥拍了拍我的腦袋也撇下我跑了。嬸嬸笑得很開心：「傻丫頭，真是個傻丫頭。」

我忽然想起昨天金枝媽對我和順兒説的那席話來，噢，我有點明白嬸嬸為什麼説我傻了。

「逮魚蝦去囉！」昨天上午我們可夠忙碌的，小子們不怕冷也不怕羞，脱了個光膀子，穿條短褲衩，手裏握着**帶把兒**[①] 的漁網，揚揚得意地喊着，恨不得讓全世界都聽

---

① **帶把兒**：武器，這裏將漁網比喻為武器。

見。村後有一條齊膝深的小河溝，溝裏的小魚兒可多了，泥鰍、黃鯽魚，還有種雜魚兒我們管牠叫「鏡子魚」，尖細的身子，鱗兒是五彩的，一游就泛出一片紅光、綠光，下雨時還能看見魚兒往水面上躍呢。有一次二牛還從溝裏摸出隻烏龜，把牠翻個個兒擱在沙灘上，上面還壓了塊大鵝卵石，待逮完魚再來找，牠居然逃得無影無蹤，難怪和牠賽跑的兔子要輸，烏龜真是個有能耐的傢伙。

河溝邊是一大片漫着水的淨沙地，沙礫在太陽光底下變得金燦燦的。丫頭們照例是不下河溝的，坐在沙地上看熱鬧。我可不願意閑着，在沙地上挖了個臉盆大小的坑，不多會兒，坑裏滲出半尺多深的清水。

順兒渾身精濕，腮幫子上沾着泥，在溝裏逮魚，他才不像旁人那樣，張着網滿溝瞎跑一氣，他總愛跑到背靜的地方，在一旁站着，看準了才下網，簡直像舀魚一樣順當。他把逮着的魚扔給我，小魚身上像抹過油似的，滑溜溜的，有時從我手裏滑出來，在沙灘上跳着，棗花她們都嘖嘖地咂着嘴，我不慌不忙地走上幾步，拎起魚尾巴把牠扔進小水坑，魚兒們在小水坑裏游着，張大嘴巴呼吸着，到處亂拱耍脾氣。

「順兒哥待滿妹子姐可真好。」棗花悄聲對小菊說，這話順風傳到我的耳裏，我當然十分得意。

「滿囉……」我對順兒喊，喊聲比往常要響。

他光着腳丫，濕漉漉的腦袋上冒着熱氣，手裏拿着兩截柳條跑來了，他把魚兒一條條捉起來，用柳條兒從魚嘴穿到魚鰓外，滿滿的兩大串！魚兒掙扎着用尾巴甩了順兒一臉水，他嘻的一聲笑了，順手遞給我一串，扮了個鬼臉，説：「真涼快。」

棗花咻咻地笑起來，趴在小菊肩上和她咬耳朵，順兒説：「棗花，要幾條嗎？」

棗花抿着嘴搖頭。

「喲，依我看滿妹子今天可佔了個大便宜，順兒給你的那串魚怕有一斤多沉①。」

説話的是頭上梳個小髻髻的金枝媽，她特別愛管娃娃們的閒事。金枝是她的獨根苗，讓她寵得快上天了。有一次二牛和金枝摔跤玩，她看見了竟衝上去把二牛掀倒在地，還説金枝勝了二牛。為了這些，咱們都懶得答理她。今天她大概又是來找她的寶貝兒子的，正逢上順兒分給我魚，她用手打着簾兒擋住滿臉的陽光，三步一扭地朝我們走來。

順兒説：「要沒有滿妹子幫忙，魚兒説不定早曬死了。」

「真是個明事理、講公道的孩子。」金枝媽誇着順兒，又説，「這麼多魚兒，能不能分兩條給嬸子品品鮮兒，這魚熬成湯喝起來真鮮，嬸子我最愛吃。」

---

① 沉：沉重。

「你挑吧。」

金枝媽樂得眉梢往上挑，蹲在地上挑着個兒大的魚，舌尖上像抹了蜜。「喲喲，好順兒，乖順兒，嬸子我最愛你這樣的孩子，等些年你長大了，嬸子給你説^①個好媳婦。」

「俺不要。」順兒有點冒火地答道。

「把滿妹子説給你要不要？」她把眼睛瞇成兩條線，很**鬼**^②地問。

我怔了一怔，順兒迷茫地看看我，我們都讓她難住了。那頭，棗花正對着我刮臉腮。

金枝媽一拍大腿嘎嘎地笑着，她已經挑出四條魚，穿成一小串拎在手裏，站起來，心滿意足地拍拍胯骨，一扭一扭地走了。

我悻悻地説：，「她真黑心，把大的全挑光了。」

「趕明兒再逮唄。」順兒皺着眉頭在想什麼，真像個小大人。

從河溝邊傳來金枝媽的罵聲：「金枝——你這小鬼真沒出息，在溝裏泡了半天連塊魚鱗也沒撈着，還不死上來，回家非讓你挨頓**笤帚疙瘩**^③不可。」

---

^① 説：這裏「説」的意思是説親，介紹親事的意思。

^② **鬼**：這裏作形容詞，指狡猾。

^③ **笤帚疙瘩**：「笤帚」指竹製帚子，「疙瘩」指皮膚上突起的疱塊。這裏指金枝的媽媽要用竹帚子打金枝。笤，粵音條。

「你要揍我，俺就不跟你回去。」金枝吸着鼻涕，哭喪着扁臉，那模樣真是又叫人氣又叫人憐。

金枝媽立刻軟下來了：「乖孩子，可別嚇着你，娘和你鬧着玩哩，走，跟娘回家喝魚湯去。」

當時我還和順兒倆笑了金枝媽一通，當時我為什麼沒想到和翠花姐姐一樣害羞呢？大概是我還小。不！就是等長大了，我也不會害羞，我和順兒理所應當是最好的朋友嘛。

我們天天去打魚，嬸子每天晌午都熬一大鍋魚湯，用那小魚熬成的湯泛白，鮮美極了，滿屋子都飄着魚兒和蔥花的香味。我坐在院門口的棗樹下等着叔叔收工回家，密匝匝的棗葉像一把大傘遮去了毒日頭的炎熱，蟬兒們不知躲在哪裏，一個勁地噪着，到了夏天只有牠們不怕熱。

順兒咬着煎餅出現在他家的院子裏，我問：「上俺家來喝魚湯不？」他搖搖手裏的煎餅，身上穿着件白粗布小褂，沒繫扣，敞着懷，在小兜兜裏摸索了半天，才掏出一支青翠的柳笛。

「柳笛？給我，先讓我吹吹響不響。」

老地主又咳咳地咳起來，順兒屏住氣聽着，老地主吐了兩口痰以後，果然喊：「順，順兒。」

我扯了順兒一把，意思是叫他別理他，順兒沒聽我的，小聲說：「他又透不過氣來了，我去給他捶捶背，喏，給

你柳笛兒。」

這真是支好柳笛，扁扁的口，水靈靈的。其實做支柳笛並不難，取下一截子柳枝條，抽去中間發硬的杆子，留下那韌韌的枝皮就成了柳笛。做柳笛也有不少竅門，我曾做過幾十支都失敗了，一支也吹不響，順兒早就答應給我做支好的了。我在吹新笛前先唱道：「好哨哨兒，你響響，你要不響，俺不要，刺啦啦，餵狗。」據說唱了這支歌，柳笛就不敢不響了。

唱罷，一吹，果然嗚嗚地響，清脆中帶着婉轉，比黃鶯鳥的啼聲都好聽，連蟬兒都啞了。我滿以為順兒會從屋裏探出腦袋來的，可是他沒有。

棗花來了，眼睛哭得紅紅的像隻小白兔，我說：「你不是說過你不哭了嗎？」

她用手背揉着眼睛說：「我哥淨欺負我，他用那個醃酸菜的**罈子**①變魔術玩，不小心摔破了，今天爹要揍他，他就胡賴我⋯⋯嗚⋯⋯」

「你爹信他的話了？」

「爹不信他也不信我，把我倆都打了一頓⋯⋯怪疼的。」

這個二牛真可惡，我十分同情棗花，忙把那隻絕好的

---

① **罈子**：腹大口小的陶器，多用來盛酒、醬料等液體。

柳笛借給她吹，在平日，我是沒有這麼大方的。棗花也是個仔細的人，只吹了幾下就捨不得吹了，用衣角把它擦乾淨還給我。

「你吃飯了嗎？」

「沒，沒，我現在餓極了，要是有一塊玉米**麵窩窩**^①，我也會吃得很香甜的。」

「在俺家吃午飯吧，咱們有香噴噴的魚湯。」

「你真好，你和順兒哥都比俺哥好，往後金枝媽要是再說你和順兒哥的事，我再也不羞你了。」棗花很乖巧地說，她能討外面人的喜歡，可她家裏的任何人都不喜歡她。

棗花在俺家吃罷午飯就回去了。正午的太陽就像隻大火球，呼呼地噴出許多燙人的熱氣，好悶的天，一絲風也沒有，連狗都熱得伸出長長的舌頭躺在樹蔭下喘粗氣，你趕牠，牠也懶得動一下。這種天氣幹什麼都沒心思，我便上順兒家去找他玩。

老地主仰臉躺在炕上，閉着眼，喉嚨口呼嚕呼嚕響着，穿着一套黑衣衫，顯得臉上的氣色很差。每回我上他家去，他總是佯裝睡着，不和我搭話，也不咳咳咳怪叫。不管怎麼樣，我是恨他的，聽說我爺爺給他當了一輩子的長工，臨死

---

① **麵窩窩**：中國傳統小吃，用麵粉製成的麵食小吃，排成一個個接連的小窩形狀，蒸來吃。

時，讓他一腳踢了出去，連口薄皮棺材也不給，好歹毒！

順兒趴在地桌上學寫字，他家的地桌只有三條腿，有一處用四塊磚墊着。他寫得好認真，過去叔叔教我認字，有時我常點着字唸給順兒聽，因此他多少識幾個字，只是從來不寫，眼下他把新書翻開了照着書上的字兒寫。那天，我從供銷社換回書來給他送到家，他簡直樂瘋了。他可愛惜那兩本書啦，特意央求翠花姐替他用舊報紙給書包個書皮，生怕把它揉搓壞了。

一見我進來，他忙用胳膊把寫的字擋起來，只見他滿腦門子是汗，連黑黝黝的脊背上也掛着汗珠，一直起身子來汗珠子就往下淌。他笑笑說：「這桿筆不聽使喚。」

「讓我瞧瞧。」

「不讓瞧。」

「不看就不看，看了也不上天，去你的，書蟲子。」

他拍着手笑笑：「瞧瞧喲，滿妹子的嘴巴撅得能拴驢了。」

「哪個罵人，哪個爛嘴。」說着，咱倆都笑了起來，誰會把鬧着玩的話當真呢？

順兒用舌尖舔着唇：「讓你看也行，不過可別笑話咱，我寫得真醜。」

我說：「誰笑話過你？」可話未落音，我就忍不住笑起來，因為誰一瞥見他的字都會笑的：橫不像橫，豎不像

豎，軟塌塌的就像一條條沒骨頭的蚯蚓，這哪像字呀？「哈哈，像蟲兒在爬，快用線穿起來，要不它們都跑沒了。」我邊說邊往外跑，原以為他會追出來，可是他沒露面，光聽見老地主咳咳地哼哼着。

太陽快落山了，把它的餘暉灑在河面上，清河變成了一條金河，一幫子娃娃全像水鴨子似的泡在水裏。我游泳的本領還是順兒教的。那時候我膽子小，死活不敢下水，只能坐在岸邊眼睜睜地看着他們像一條條小魚兒不停地撩撥着水，連那個只會游狗刨式的金枝也敢奚落我是「旱鴨子」。有什麼法子呢？誰讓我一下水就頭暈。順兒朝岸邊游來，手裏舉着一隻肥胖的大蝦，他時常把逮住的蝦兒送給我，我愛這麼生吃，掐去蝦腦袋送進嘴裏嚼，那蝦兒還在蹦呢，品品滋味，簡直鮮透了。我俯下身子去接，沒料到他一把把我拽下河去，用胳膊架着我說：「別怕，別怕，俺在這兒。」就這樣，我漸漸地學會了狗刨式、炸彈式，還能和男孩子一樣在水裏豎蜻蜓，連金枝見了都吐舌頭。

我後悔笑話順兒，我應當像他幫助我那樣幫助他。

水草叢中出現一隻拱背的草蝦，一弓一弓地往上游來，牠是透明的，連身子裏的肚腸都能看個一清二楚。我想逮住牠，去送給順兒，沒料犟[1] 二牛手快，一把搶了去，我賭

---

[1] 犟：形容脾氣固執。

氣地浮出水面，他跟了上來，捋了一把臉上的水，很大方地向我伸過手：「給。」

我不想要他的東西，上回送給我一隻快要死掉的小山雀，就到處嚷嚷：「俺送給滿妹子一隻小山雀。」還去對叔叔說，他和我最要好。我不喜歡那號[1]愛吹的人，早些年他把胸脯拍得砰砰響，說自個兒是莊裏的摔跤大王。他和金枝、小菊、我⋯⋯都摔過，這傢伙長得五大三粗，別人倒真搬不動他。順兒沒跟他摔，只在一邊看熱鬧，二牛扯住他非要跟他摔一跤，他以為順兒不是他的對手，想在大夥面前顯一手，可他想錯了，順兒使了個巧勁兒把笨二牛絆倒了，讓他羞得三天沒出門，從此再也不提摔跤大王的事了。

「接，接着吧，別和順，順兒好，他爺那副窮酸架，髒，髒死人了，他家像，像個豬圈。和，和俺好，好吧，這蝦，蝦兒多壯。」不知為什麼，近些天來，二牛總愛和順兒鬧彆扭，他倆好一陣孬一陣，誰知道是咋回事，大概是逞強的二牛處處不如順兒靈活，所以賭着口氣。

「他家是豬圈，你家是羊圈。」我故意撅着嘴氣他，他越貶低順兒我就越要和順兒好。

他揚了揚拳頭到底沒敢揍我，憤憤地把蝦塞進嘴裏，

---

[1] 號：這裏作量詞。

故意嚼得很響，想饞我。誰稀罕過？我氣鼓鼓地邊嚷「臭魚爛蝦餵鴨子囉」，邊抱住肩膀潛入水底，咕嘟嘟地吐出串珍珠般的水泡泡。

順兒在哪裏？哦，他仰臉躺在水面上，用腦袋枕着胳膊，兩隻腳慢悠悠地踢打着水，小水花跟着他的腳兒跳，簡直像條四平八穩的小船在隨波逐流。我游近他一看，嗨，人家還合着眼皮子，跑到這兒來打瞌睡了！「喂，醒醒呀，吃了睡婆婆的迷糊藥了？」

「昨天晚上俺沒睡。」

「咋啦？」

「我爺病了，我得替他看瓜地去，今晚還得去。」

「真討厭，他老生病，你就一直一個人去看瓜？」

「嗯，我帶個大棒子去，誰敢來偷瓜就讓他腦袋開瓢。」

我想起瓜田後面有一大片墳地，那裏長着不少矮灌木，一到晚上螢火蟲就在那裏一亮一閃地飛來飛去。那時候我們常愛在夜裏成羣結隊地去逮螢火蟲，掐去牠們的亮尾巴，一片一片地貼在額頭上，有時還齊刷刷地貼在眉毛上，一晃腦袋就閃出亮光，好神氣。有一次金枝告訴咱們，他看見一個紅眉毛綠眼睛的鬼從墳頭裏爬出來，消息傳開後，大人們都不讓我們去那裏玩了，而我們也對那死人的居住地產生了恐懼感。再看看那些螢火蟲閃着幽幽的光真嚇人！再也沒人敢把牠的亮屁股往臉上貼了。想到這裏，我不禁

為順兒捏了一把汗：「你不怕鬼嗎？」

「我也沒見過它是啥樣的，真要來了，我就砸扁它，它還能不怕大棒子？」

不知從哪兒冒出股勇氣，我說：「晚上我給你做伴去，行嗎？」

「好，你要去了，我就給你講個最最好聽的故事，是我爸講給我聽的。」他顯得十分高興。

四　瓜地裏的故事

吃罷晚飯，順兒輕手輕腳地摸到咱家來約我去看瓜，因此，沒聽見老地主咳咳的叫聲。

順兒有點怕叔叔，雖然他不承認，可怎麼能躲得了我的眼睛？叔叔好像也不太喜歡他，不常和他說話。只有嬸嬸很疼順兒，她是個好心腸的人。

嬸嬸慌慌張張地問叔叔：「她叔，這能行嗎？」有什麼不行的？嬸嬸總是那麼膽小，比別人多長了根愁腸子，比芝麻粒兒還小的事她也要左**掂量**①右掂量的，幸虧叔叔沒出聲，有時候出不出聲就是代表同意，這是一家三口都知道的規矩。嬸嬸輕歎了口氣，微擰着眉毛替咱倆找出兩把小蒲扇，說是地裏蚊子多，能用這驅蚊子，又讓我帶上

---

① **掂量**：思考、考慮。

夾裌子，説半夜裏風大，能擋着點，好像我要在瓜田住一輩子似的。我接過小蒲扇，拉着順兒就跑。

瓜地離開村約莫有半哩地，綠油油的瓜秧子下藏着圓圓的西瓜，用手指在上面彈彈，嘣嘣地響，生脆生脆的。這些瓜兒都熟了，一兩天裏就要收了，要是一拳頭砸下去准能砸成八大瓣兒。瓜田中央搭起個小窩棚，看瓜人住在裏面能避避清晨的露水。順兒從地頭剁了些酸棗棵子，枝枝丫丫的攏成一堆，順手劃拉了幾把枯葉子引柴，在窩棚門口點起堆火。頓時，一縷縷嗆人的青煙冒出來，熏得蚊子沒命地跑，真看不出順兒有這麼兩下子。

夏日白日長，七點多鐘了，天還沒完全黑下來，西面還留着太陽的一個白影子。我倆坐在泥地上練字。我教他寫「李順兒」三個字，這是他提出來的，他恐怕苗老師會不收一個連名兒也不會寫的學生。再説我倆都得罪過這個古怪的「眼鏡子」，他非**給咱們小鞋穿**[1]不可。

練了八十多遍，他寫的字有點像樣了，就説：「秀才，等我上完一年級，我要給南方的剛剛寫封信，就讓燕子捎去。喂，再把你的名字教給我。」

---

[1] **給咱們小鞋穿**：穿小鞋，原指以往婦女紮腳後穿小小的鞋子，是一種社會風俗。人們認為小腳的女子才美麗。這個風俗後來引申來比喻公報私仇的行為。這裏指苗老師向李滿妹和李順兒公報私仇。

「幹嗎？」

「你的名字好聽唄……」

「我的名字是媽媽給起的。我有五個姐姐，媽媽説，家裏的妹子太多了，就管我叫滿妹子。我已經記不得她的模樣了，只記得她的眼睛很黑很黑，和嬸嬸的眼睛像極了。」

「你不回城裏去看她嗎？」

「不，爸爸來過信説不讓我回城，因為媽媽見了我會捨不得放我上這兒來的。」

「我的名字是爸爸給起的，他一直説，取了這個名能讓我順順當當地過日子……可惜他死了。」

不知不覺，夜已經降臨了，她把像水一樣清澈的月光灑在瓜地裏，瓜兒們越發顯得沉甸甸的。一隻**蛐蛐**[①] 躲在窩棚後面嚾嚾地奏着小曲兒。這鬼東西，像在向咱們挑戰。蛐蛐特別愛打仗，男孩子愛把兩隻蛐蛐關在一個泥瓦壇裏，用根狗尾巴草去撩撥牠倆的關係，這兩個小傢伙上當了，氣得觸鬚朝天，拼死廝打起來。順兒的心癢癢了，坐不住了，想過去逮蛐蛐，我一把扯住他的衣角。

「你怕了？」他問我，這個機靈鬼，什麼也躲不過他的眼睛。

「哇——咕咕喵。」什麼東西在叫，又像哭又像笑，

[①] **蛐蛐**：蟋蟀。

陰森森的，我的心忽地一下被提起來了，起了一身雞皮疙瘩，說心裏話，我恨不得立刻打退堂鼓。

「是夜貓子叫。」他怕我不信，撿了塊土坷垃[①] 朝發出怪聲的地方扔了過去，撲簌簌，什麼東西拍打着翅膀飛了起來，圓圓的眼睛像兩盞燈，亮極了。我確信這真是夜貓子。牠總愛在半夜出來捉蟲吃，還吃地老鼠。牠明明是益鳥，只因模樣醜，人們都把牠當成不吉祥的東西，牠們會感到冤枉嗎？換了我准能哭兩大缸眼淚。

「給你講個故事，要聽嗎？」順兒斜臥在火堆邊，眼睛瞇縫着問我。這天夜裏晚風挺稠，小風緩緩地吹來，火堆上的火星苗子一亮一滅的。

「嚇不嚇人？」

我特意朝四周看看，主要是觀察一下墳堆方向有沒有爬出一個紅眉毛綠眼睛的鬼。幸好，月亮像一隻大銀盤掛在樹梢上，到處都是銀白色的一片。天空中，星星一顆顆鑽出來，閃爍着，分明在眨眼睛。你注意過沒有，在夜裏走路，星星和月亮都會伴着你一塊走，哪怕你走出五哩路，它們仍在你的頭頂上，它們真是人們忠實的朋友。

「你不聽，俺就不講了，怪困[②] 的。」他開始賣關子了。

[①] 土坷垃：中國北方方言，指圓形或不規則的黃土硬塊。

[②] 困：睏倦、疲倦。

「你講吧。」我硬着頭皮冒了一次險。

他支棱起腦袋，用小棍撥了撥火堆上的枝丫，白蝴蝶般的灰燼舞了起來，又開始冒出淡淡的青煙，在耳邊嗡嗡的蚊子又被趕跑了，順兒開始講起故事來⋯⋯

從前有這麼一家子，父母死了就剩下兄弟兩人，哥哥是個又貪婪又狠心的傢伙，他想把弟弟折磨死好獨佔家產，就不給弟弟吃飽飯，讓他天天背着父母留下的破竹筐上山割草。弟弟是個又老實又勤快的孩子，不論颱風下雨天天進山打柴割草，餓了就喝口清泉水填肚子。有一天他餓得受不了了，眼前直冒金星，倚在樹幹上直歎氣，這時從遠方飛來羣燕子。弟弟唱道：「東來隻燕，西來隻燕，都到我筐裏來下蛋。」唱罷，飛來許許多多燕子，黑壓壓的一片，都爭着在他筐裏下蛋。他吃了好多蛋，把肚子撐得鼓鼓的，剩下的全分給周圍的窮苦人。以後燕子每天都到他筐裏來下蛋，他吃了燕子蛋，臉上紅撲撲的，越長越結實。他哥直納悶，就偷偷地跟在弟弟的後面，把燕子下蛋的情形看了個一清二楚。半夜裏，他用刀殺了弟弟，第二天就裝成弟弟的樣子坐在山下唱：「東來隻燕，西來隻燕，都到我筐裏來下蛋。」燕兒果然又飛來了，可在他的筐里拉了一大筐糞。哥哥氣得把筐拆散了，忽然從筐底蹦出一把尖刀插進他的心窩⋯⋯

這個叫《寶筐》的故事我不知聽過多少回了，耳朵也

要起**趼子**①了，可還是聽不夠，好像這個故事裏蘸滿了甜汁，怎麼也吮吸不完。這確實是世界上最美的故事。順兒忽然一骨碌爬起來，支棱着耳朵聽了一會兒，用肘兒捅捅我：「聽呀，有腳步聲，近了，他往這裏來了。」

我也聽見腳步聲了，漸漸地還聽見那種褲腿擦過瓜秧子發出的窸窸窣窣的聲音，緊接着，一個黑糊糊的影子出現了，它是真實的，並非夢幻，可我多麼希望這是場噩夢呀！哦，定是紅眉毛綠眼睛的鬼魔，金枝也見過，我後悔沒聽嬸嬸的話。影子還在朝我們移近，小心翼翼地走得挺慢，我懷裏像揣了一隻小花鹿，嗵嗵嗵地要跳出嗓子眼。我的手心出汗了，鬼，鬼來了。我閉上了眼睛，等着鬼來掐我的脖子。聽金枝説，鬼留着一尺長的手指甲。

「誰？小心我用棒子掄你。」順兒像彈簧一樣跳起來，他真不怕鬼。

「別動手，我是你黑大叔。」影子開口了。

這明明是叔叔在説話，虛驚一場！心裏一塊大石頭落地了，才感到腿兒發軟。叔叔是咱生產隊的隊長，村裏上年紀的都喊他「大黑」，小輩的，不分男女都喊他「黑大叔」，這真是一個又親切又順口的稱呼。有一次社員們在樹蔭下評工分，我們幾個坐在樹杈上玩，我曾大着膽子喚

閃亮的螢火蟲

---
① **趼子**：皮膚因摩擦而起的硬皮。

了他一聲「黑大叔！」沒料到周圍的人全樂開了，叔叔想不笑可到底沒忍住，笑得肩頭亂顫，我這才明白，惟獨我不能喊他「黑大叔」。

叔叔說：「我聽聽沒動靜，以為你倆睡着了，才沒喊你們。嚇壞了吧？」

「嚇了我一跳，我還以為是鬼呢，金枝說他見過。」

他哈哈大笑起來，聲音在寂靜的夜空中傳開，顯得特別爽朗。他今天的心情一定很好，他說：「世界上哪有鬼？都是那些膽小的人自己嚇唬自己，膽子是練出來的。順兒還行，今天要來個偷瓜的准會把苦膽嚇破的。瓜是隊裏的，我們都要負起責任來。你們敢回村嗎？下半夜我替你們看瓜。」

我捨不得離開瓜地了，這裏的一切是那麼驚險又新奇。瞧，瓜地裏那濃釅釅的綠色多討人喜愛！剛才的懼怕早飛到九霄雲外去了，好像我一下子長成順兒那樣膽大的孩子了。何況我斷定叔叔不會熊我的，他今天是那樣和顏悅色。我說：「俺不，我才不走呢，要走，你們走吧。」

順兒笑了，笑得很小心：「黑大叔，明早你還要下地幹活，還是你回村去吧。」

叔叔抬頭看看滿天的星星，哦，我這才注意到它們越發亮了，真想摘一顆下來養在小玻璃瓶裏，這一定比電燈更亮。叔叔說：「我不礙事，天不早了，過會兒就要下露水了，你們上窩棚去歇會兒。」

「你呢？」

「等你們醒來就來換我。」他笑笑説。

過了一會兒困勁上來了，眼皮子光打架，我先鑽進窩棚去睡了。用乾草搭起的鋪軟軟的，帶着一種特有的清香，一翻身就沙沙地響。那只蒿草做成的枕頭，出氣粗點，細草兒就拂着面孔，癢癢的，像有只小蟲兒在叮。我矇矇矓矓地聽見順兒還在和叔叔嘮着什麼，高一聲，低一聲，只聽叔叔説：「這是你爺爺幹的事，與你沒關係。」我想起來了，有一次豆腐鋪的拐腿爺爺告訴我，老地主在**解放**①前可狠毒了，我爺爺死後叔叔找地主去評理，讓老地主打了一頓趕了出來。後來，我把這事告訴順兒，他臉煞白，從此總躲着叔叔。順兒真倒楣，攤了個這麼樣的地主爺爺，好了，今兒個叔叔和他把話挑明瞭。

我睡着了，夢見一隻老大老大的西瓜，像座房子那麼大，黑油油的皮，鮮紅的沙瓤，咬一口甜極了，我兒童時代是那麼幸福！

五　舌頭和牙齒也要打架

第二天一早我就在村口堵住金枝：「喂，你説你在墳頭看到鬼了？」

---

① **解放**：指中國共產黨在國共內戰中勝出，建立中華人民共和國。

「嗯，就看見一個。」金枝甩了一把鼻涕説。

「還有誰見着了？」

「就，就我自己，那天晚上，我自個兒去的。」

順兒聽見了説：「他唬人，他哪敢一個人去墳地？他的膽子比誰都小。」

金枝臉上紅一陣紫一陣的，支吾了半天：「反正我看見了。」

「叔叔説，只有膽小鬼才胡説有鬼呢，金枝你就是個膽小鬼，大熊包！」

「滿妹子這丫頭真長了張尖嘴兒！」金枝媽不知從什麼時候起就跟着咱們了，不滿地用眼睛白我，她沒往深處説我，大概是看在叔叔面上，「走，金枝，跟娘回去，少跟那些沒爹娘教養的孩子搭訕。」

她分明是在罵我和順兒，氣人不？她早把吃咱們魚的事兒給忘了，要是她不是個大人，我准和她打一仗，可現在不行，小孩和大人打嘴仗總是要吃虧的。

金枝回過頭來嚷：「俺沒看見鬼，那是我媽給我講的故事，咱不是熊包蛋。」

「呸！」我啐了一口。

「聽説你還是個秀才，怎麼往地下亂吐？」有人在我耳邊説話，那聲音慢吞吞的，又熟悉又陌生。那人竟是小學校的苗老師，高高瘦瘦的，身上穿了一套白粗布短衣褲，

那露出的胳膊、腿活像幾根枯柴。離這麼近，我才看清在那眼鏡後面有一雙小眼睛。他的眼鏡真是特別特別的奇怪，像玻璃瓶底那般厚，有一條腿還斷了，用根鐵絲代替。他就是我的老師嗎？瞧他那副酸樣，我真覺得有點屈。

我和順兒都沒和他搭話，我們正在氣頭上，最不願和管閒事的人搭話，再說，我們曾罵過他「苗瞎子」，他絕不會向着我們的。

他乾笑笑，轉身走了，還把兩隻手背在背後。我對順兒説：「我真想戴戴那玩意兒，戴上它説不定連地底下的東西都能看見。」

「有辦法啦，」他一拍大腿，「你跟我走。」

我們尾隨着苗老師慢慢地走到清河邊來了，他半跪在地上，脱下眼鏡子放在一邊，佝僂着腰，用手捧起水來洗臉。順兒踮着腳跑過去，拾起那眼鏡就跑。咱們本想戴一會兒就給他送回去的，沒想到他聽到了動靜，很快就伸手找眼鏡了，一找沒了，急得兩隻手在地上直摸。順兒只得跑過去把眼鏡還給他，他惱火了，氣咻咻地説：「胡鬧，真是瞎胡鬧。」説完扭頭就走了，還是把手背在身後那麼走。

完了，這真是個最糟糕的主意。我怕順兒怨我，可他沒有那麼做，只説：「不要緊，他要是不收咱們，咱就找他説理，咱也不是想偷他的。」

「這事不能讓叔叔知道，不然他會揍我的。」其實叔

叔從來沒揍過我，可是我怕他，每當做了錯事時就會想到他那雙令人生畏的大手。

「黑大叔是個好人，他有時臉上兇，可心底挺好，今天早上我就對爺爺說：『誰讓你過去對人那麼狠！我真恨死你了。』」

「他怎麼回答？」

「他沒吭氣，他要吭氣我就喊：『地主最壞！』」

「嗨，最最要緊的還是應該想個對付苗瞎子的招，萬一他……」

「秋天再說。」順兒說。

連著颳了幾天北風，樹葉兒全變成枯黃的了，老禿山上鋪滿了枯葉，一腳踩下去就能沒了腳面，大雁們排著人字形的隊伍回南方了，在順兒家屋簷下築窩的燕子一家也要飛回南方剛剛家了。我們縫了隻小布袋，才大拇指蓋那麼大，裏面裝著綠豆籽，聽說南方缺這個，讓燕兒捎去。

秋天來了，儘管我們沒盼過它來。咱們三三兩兩地來到小學校，幸好苗老師沒提起過去的事。僅一會兒工夫，我、順兒、棗花、金枝、二牛、小菊……全成了精精神神的小學生，一個個坐在座位上抿著嘴兒笑，真新鮮，野孩子全成了斯斯文文的小學生。

外姓人苗老師對大夥說：「小朋友們好。」他還以為我們小，其實要論上樹、賽跑他都不是對手。不過我們誰

也沒敢哧哧地笑出聲來，在白牆壁的教室裏，我們的野勁被一種無形的威嚴壓下去了。

「咱們先上第一課，大家把手擱在課桌上。」

我們不知這老師使的什麼招，看手相嗎？但還是照辦了，哪家大人都囑咐過：「聽老師的話。」再說這並不難，伸伸手直直腿正合咱的心思，坐着不動怪累身子的。咱們一個個爭先恐後地把手伸給苗老師看，苗老師挨個看了，連連搖頭：「病菌都是從嘴巴裏進去的，手這麼髒，抓乾糧時就把細菌吃進去了，在肚子裏長了蟲子，動不動就肚皮疼，太髒了，一點也不衞生。」

這老師多會挑刺兒，管天管地還管人家的手乾淨不乾淨，教字兒就得了。可再看看咱們的手，別提了，髒得像雞爪子，黑糊糊的一層，像塗過一層鉛粉，看來不用**堿水**①泡是洗不乾淨的。

老師說：「大家選個衞生委員，讓他每天早上檢查個人衞生。」

誰也不知道這「衞生委員」是多大的官，反正能管別人就得選個好的，大家一下子活躍起來，像一鍋煮開的粥。苗老師用手指篤篤地敲着講台，拖着長音：「舉——手——說——話。」

---

① **堿水**：鹽水。

棗花把手舉得最高，老師點了她，她啪的一下來了個立正，誰知道她是跟誰學來的？「報告，我選順兒。」說完一屁股坐下去。

「俺也選他。」「俺也是。」不少人附和着，我想這回順兒總能當上衞生委員了。

「是選李順兒同學嗎？」苗老師文縐縐的，非要叫大號幹嗎？他又把眼光移到順兒身上：「有沒有不同意的⋯⋯」我暗想，這老師不但姓兒怪，連脾氣也怪，大家都叫好，還一個勁地問什麼？

「俺就不。」坐在棗花身後的二牛嘟囔道，我看見在這同時，他把腿伸直了，踢了棗花一腳。

「哎喲！」棗花尖叫一聲。

「怎麼了？」苗老師側着臉問。

「一隻蟲，咬了一口。」棗花說了謊，要不是我對苗老師有了看法，我早報告了。

「俺也不選順兒。」金枝也嚷了一句。

苗老師推了推架在鼻樑上的眼鏡：「為什麼呀？總得說些理由，比如李順兒同學哪一點不好。」

金枝把鼻涕吸得吱吱響，真噁心人，他說：「他總穿黑衣服，還摞着補丁①，我的衣服比他的新，在櫃子裏有

---

① 補丁：破損的衣服上縫補的地方。

三件新褂子留着過年穿，我選自個兒。」

「説完了嗎？」

「完了，俺媽也讓我出息點，以後當官。」他大模大樣地坐下了。我真想奚落他幾句，憑你這兩條黃濃鼻涕就不配當衛生官。

「還有誰有其他意見？」苗老師伸着脖子東張西望。我知道了，他准是也不贊成順兒當衛生委員的，所以一再慫恿別人説怪話。

二牛終於沒有拉破臉站出來反對順兒。沒有一個人説話，好，看姓苗的怎麼説。

「我認為李金枝同學的話並不是什麼理由，無論穿什麼顏色，舊的也好，新的也好，只要乾淨就行。我看大家既然沒什麼意見，那麼從今天起，李順兒同學就是我們班的衛生委員了。」

他沒記咱們的仇！我有點感激地瞅瞅他。他小小的眼梢邊布滿了皺紋，眼鏡上一圈一圈比酒瓶底還厚，他有點像位慈祥的老伯伯。

我得意地看看順兒，他臉紅了，低下頭去。我又看看金枝，他好像有點無所謂的樣子，幸虧我們的苗老師明理，沒讓這**一條魚攪腥一鍋湯**[①]。班裏的其他人都沒什麼大變

---

① **一條魚攪腥一鍋湯**：俗語，意思是一件很小的壞事，若不理會，它的影響便會變大，禍及整體。

化，只有棗花眼圈發紅，她大概擔心再受二牛的欺負。他們兄妹兩一個像虎，一個像羊，連翠花姐見了二牛也讓他幾分。

這堂課苗老師只教了八個字：上，下，來，去，大，小，多，少。他的字寫得真帥，有骨架子，沒想到這個瘦得一陣風就能吹倒的人，寫字的功夫竟會那麼到家。

聽嬸嬸説過，苗老師過去是城裏人，後來受了冤枉被城裏的學校開除了。村裏人對他都很尊重，寫家信、寫春聯都願意找他，稱他是「老秀才」。只有李羅鍋常在背地罵他，説他和地主一樣是壞人，當然，誰也沒去信李羅鍋的話。

下課了，我們都像唱山歌似的唱着：「大呀，小呀，多呀……」高音低音都有，反正各人哼哼自己喜歡的**調門**^①兒，這麼一唱反比死背記得牢。

惟獨金枝一個人坐在那裏美滋滋地吃起煮雞蛋來了，蛋黃沾在嘴唇上，引得幾個饞貓眼光一個勁往他那頭飛。我一見他扁扁的柿餅臉就來氣，不刺他幾句就無法解開心裏的**疙瘩**^②，就故意把聲氣提得高高的：「少吃點，**畫地圖**^③的！」

---

① **調門**：唱歌的音調高低。

② **疙瘩**：比喻心中的鬱結。

③ **畫地圖**：鄉村的俗語，指小孩子尿牀。

大家嘩的一聲笑了起來。金枝變了臉，誰都知道金枝長到十一歲還尿炕。每逢晴天，他媽就把那些被尿濕的被子拿出來曬。平日裏金枝最怕人揭他這個短，可我今天就是要挑他最難受的講，誰讓他那麼神氣活現。

金枝哭喪着臉去找順兒，虧他有這麼厚的臉皮，只聽他告狀説：「報告衛生委員，滿妹子罵人了。」

「罵誰？」

「罵我。」説到傷心處金枝吱吱地吸着鼻涕。

「你真罵了嗎？」順兒走過來問我。

我憋不住想笑，暗想：順兒總是向着我的，便大大咧咧地説：「他這號人，哼，該罵！」

順兒竟然有板有眼地訓起人來：「誰讓你罵人來着？你尋思這是玩家家①的地方？老師説過，誰罵人誰得受罰。」

「罰個屁！」我差點哭出來，長這麼大我還沒受過這樣大的委屈呢。叔叔給我起的外號一點也沒錯，我真像匹壞脾氣的小馬。我從課桌裏拽出書包往外奔，順兒追着我喊：「停下，停下。」誰聽他的？他當上個衛生委員就不認人了！千不該，萬不該，就是不該偏向金枝。我一路走，一路哭。

---

① **玩家家**：指扮家家酒，是小孩子玩的角色扮演遊戲，一羣孩子分着爸爸、媽媽、孩子的角色來當，扮演做飯、打掃等家庭生活情節。

嬸嬸去地裏了，大門鎖着，怎麼辦？紅着眼睛站在門口等，太丟人敗興了，來來往往的人會問：「滿妹子，今兒個賣金豆嗎？」他們全愛奚落人。

老地主拄着棍子篤篤地走出來，偏着腦袋看了我一眼。我用眼瞪他，他忙把眼光避開。不知怎的，一句話猛地一下從我嗓子眼裏蹦出來，連我自己聽了都嚇一跳：「喂，別**裝樣**①，你家順兒欺侮我。」

他忙彎下身子點頭哈腰地説：「該死，該死……」邊説邊咳咳地吐出一大口濃痰。

我坐在棗樹下生悶氣，這順兒比金枝更可恨，我們是最要好的伙伴，他偏**胳膊肘往外扭**②，長了金枝的志氣，往後這鬼東西見了我定會擠眉弄眼地扮怪相，我能嚥下這口氣嗎？

嬸嬸收工回來了，用手撣着衣裳問：「和誰打仗了？是金枝還是二牛？」

我一言不發走進屋，一頭栽在炕上，抱着枕頭嗚嗚哭起來，我此時是多麼難受。

「到底咋啦？」嬸嬸連聲追問。

「順兒欺負我。」

---

① **裝樣**：故作姿態。

② **胳膊肘往外扭**：俗語，指人不幫自己的親友，反幫外人。

「順兒是個懂事的孩子，不會惹你。」

「會的，會的。」我發脾氣了，用腳踢打着炕沿。

嬸嬸挎起小籃籃說：「等他回來我說他一頓就是，別哭了，嬸子下自留地^①割點菜。」

過了不一會兒，外面熱鬧起來，只聽二牛在喊：「滿，滿妹子，俺，俺給你採山裏紅來了。」二牛這人雖然又霸又蠻，可是也有一個優點，他從不記仇，那回在小河裏我們鬧翻過，可他很快就忘了，還常送東西給我。秋天裏山上的野果熟了，有一種叫山裏紅的野果，紅嘟嘟、酸溜溜的，女孩子頂喜歡吃，二牛常採來送給我。

聽聲氣他准是爬在那棵棗樹上了，樹上的棗已經打過一遍了，只剩下一些漏打的棗。忽聽金枝在叫：「二牛，那根枝條上有一顆青棗，快摘下送我。」

好哇，他也來了，連二牛也向着金枝！我一把扯過被子蒙上臉，「要吃山裏紅自個兒上山採，誰沒長兩隻手了？」「滿妹子！」順兒也叫了我一聲，我才不理他呢，心想：去你的，你去叫金枝好了。

「咳，呃，順——兒，來！」老地主在叫。

「你拿着燒火棍幹嗎？咦……哎喲！」

---

① **自留地**：中華人民國成立初期，土地歸國家所有，但部分農民保留了一小部分的土地，稱為自留地。

「咳咳，打死你個惹禍精，咳呃……」

二牛結結巴巴地喊：「救命呀，順兒挨，挨打了，來拉仗[1]喲。」

我忙跑到院子裏往外看，只見老地主正用燒火棍抽着順兒，順兒像呆住了，一動也不動。天哪，我知道這是怎麼回事了，又急又怕，臉上火辣辣的像着了火，眼淚像斷了線的珍珠滴滴答答往下淌。他沒欺負我，我為啥胡賴他？我真後悔，恨不得打自己幾下。

「咳……呃，你去欺負對門那姑娘，你找死哇，你，我打斷你的腿。」老地主把聲氣放得高高的，像是故意讓我聽見。

「我沒欺負她。」順兒大喊起來。

「還強嘴？呃，去認個錯，我就饒了你，呃，咳。」

向我認錯？不，不，我的腦袋疼得要裂開來，真希望地上能長出條縫讓我鑽進去，我對不起順兒。

「偏不，偏不！」順兒很兇地嚷，「我一點兒都沒錯，你打吧，打死我，誰給你砍柴，誰給你做飯？」

老地主似乎晃了一晃，忙捂住順兒的嘴，把他拉扯進院，閂上了院子門。一點聲音都沒了，既沒有哭聲也沒有罵聲，彷彿那裏是一潭死水。許久許久才傳出一點聲音：

---

[1] 拉仗：拉開打架的雙方。

「呃……咳……」

我知道我要挨揍了，叔叔的臉色鐵青，像孕着暴風雨的天空，他一定知道我幹的事了，金枝和二牛都喜歡把小孩們之間的事告訴大人，特別是金枝，他簡直是個「小廣播」。不過今天我並不怨恨他們，因為我怨恨自己都來不及。

嬸嬸已經注意到叔叔的情緒了，她寸步不離開我，做一切事都比往常小心，走起路來腳步輕輕的，甚至都不敢正眼看叔叔。讓她替我擔驚受怕，我心裏真難受，每到這時候，我就會覺得她比我更可憐，她也是大人，為什麼要去怕叔叔？

我倒希望叔叔趕快揍我一通，這也許很疼，可是我能痛痛快快地倒在嬸嬸懷裏哭一頓，然後一切都了結了，不用像現在這樣提心吊膽。然而，叔叔正在尋找發火的導火線，是的，他一定在考慮如何制伏我。

嬸嬸悄聲對我說：「走，和我一起上廚房。」

「慢着！」大概叔叔等待的時機已經到了，他大喝一聲，「過來。」

「她叔……」嬸嬸怯生生地阻攔。

「你去廚房忙吧。」叔叔有點不耐煩。

「她叔……她還小。」

「別袒護孩子，你知道她幹的好事！不教訓教訓還了

得？走開。」叔叔暴跳如雷，抄起棍子要打我，我嚇得尖叫着藏在嬸嬸身後。

「你滾！」叔叔咆哮起來，真像獅子，「我非要揍她不可，你攔着連你一塊算。」

「你，你打我吧，孩子身子骨嫩。」啪的一下，嬸嬸肩上挨了一棍，她轉過身發瘋似的摟住我，生怕我被奪走，喊着，「你打，你打。」

冰涼的淚水滴在我的額上，我放聲大哭起來。我忽然想起自己家來，如果爸爸知道我在挨打，會怎麼想呢？我七歲離開他時，清楚地記得他有着非常非常好的脾氣。「爸——爸，快來，」我哭喊着，「來救救我，我要回——家。」

一陣沉默，叔叔像根木樁一樣立着，嬸嬸無聲地顫抖着。我也不再哭了，我怕叔叔真把我送回家，雖然他兇，可是我還是愛着他的，尤其看見他深深地歎氣，我更不好受。我一步步走過去，走到他跟前，對他說：「你打我吧，我錯了。」

「好孩子，」叔叔一把把我抱起來，用粗糙的手掌撫摩着我的腦袋，動情地説，「叔叔是個很壞的人，是吧？很壞，很壞。」

牆角邊傳來嬸嬸輕輕的抽泣聲。

六　生日的禮物

　　一連幾天順兒都沒答理我，在教室裏見了總是用虎牙咬住下唇，好像連從鼻孔裏透出的都是火氣。這一次連頭上長兩個旋兒的二牛也向着順兒，一下課總直着嗓子嚷：「有人胡賴好人。」金枝也居然借這機會笑一笑。這個畫地圖的！

　　「笑掉了牙吃肉嚼不爛。」

　　金枝朝我白白眼：「咦，朝我撒什麼氣？」

　　順兒像一塊吸鐵石把很多人從我身旁吸走了，連小菊她們也不和我一塊玩了。只有棗花，這個長着一頭柔軟的秀髮的女孩子常來找我玩，大概她還記着我對她的幫助，她的記性是非常好的。但是她總是在二牛不在時和我說話，她向來是極害怕二牛的。

　　那天放學後我獨自坐在院子裏背課文：「**饃饃**[①] 香饃饃甜，吃饃不忘共產黨，幸福不忘毛主席。」

　　嬸嬸從屋裏探出腦袋，問：「滿妹子，你愛吃煮雞蛋還是愛吃炒的？」

　　自從嬸嬸挨了叔叔一棍以後，每逢叔叔在家時她總是顯得很冷淡，有什麼事了總要叔叔問一句她才答一句。叔叔卻不發火，反而還破例地幫助嬸嬸收拾碗筷，他可能是

[①] **饃饃**：饅頭。

覺得很過意不去，可他又絕不肯向嬸嬸認錯，他只用行動來表達感情。可當叔叔不在家時，嬸嬸還和過去一樣有說有笑的。

「都愛吃。」我老老實實地答道。明天就是我的生日了，昨天就見嬸嬸把小篗子裏的雞蛋點了好幾遍，她想讓我高高興興地過生日。

我最愛吃蛋類的東西，雞蛋、鴨蛋、山雀蛋都愛吃。老禿山上的林子裏棲息着各種各樣的鳥，特別是那棵老楊樹上鳥窠更多。每年我生日那一天，順兒都要上樹掏雀蛋。那楊樹頂可高啦，有半截是長在雲端裏的，像金枝那號人上去了准會嚇破膽，連站在樹下的人都覺得腿肚子打顫鬧抽筋。

順兒滿不在乎地往手心裏吐了一口唾沫子，噌噌幾下就上了樹，爬得越高他的個兒就顯得越小。風兒把葉兒吹得刷刷響，樹頂上的鳥窠全像打秋千一樣蕩着，有布穀鳥的窩，還有喜鵲、山雀的。有一種小鳥大家都管牠叫打光腚子，據說哪個孩子不穿褲子，牠就會飛來打光屁股。牠可會護崽啦，你去掏牠的窩，牠就用翅膀使勁扇你的臉，凶神般地厲害。順兒終於漸漸地往下滑了，還騰出一隻手來指指點點地打手勢。他的本領真不小，滿兜的雀蛋一個都沒碎。有一次，我提議把雀蛋放在火裏烤着吃，因為烤紅薯就比煮紅薯好吃。他想了想就答應了。我倆悄悄地把

雀蛋埋在炭火裏，只一會兒就聽一陣砰砰砰的響聲，雀蛋全開花了，就像「二十響[1]」的小鞭炮，蛋黃淌在炭火上嘶嘶作響，頓時就聞到一股蛋的香味。那以後咱們再也不敢別出心裁了，掏到的雀蛋全擱在大鍋裏煮。水突突地開了，冒出的熱氣噴了我們一臉，雀蛋在水裏翻着個兒，我們的心也樂開了花。雀蛋真香，扒去薄薄的殼兒，一口一個……

順兒再也不會理我了，是我使他受了委屈，聽説他的腿上青一塊紫一塊的，他一定疼極了。我倒希望他罵我一頓或者打我兩下。我的好伙伴！

棗花悄悄地閃進來，甜甜地叫了我一聲：「滿妹子姐姐，我來看你了。」

「棗花，你真好。」

「你知道嗎，甘泉哥今晚上要上俺家來吃飯，娘和姐姐都在宰雞。」

「甘泉哥真的想娶翠花姐嗎？」

「我想是的。聽娘説，女孩子大了就會讓人娶走的，所以她處處向着二牛！要是我也是個男的該多好，爹媽都會喜歡我的。」

咦，我怎麼發現大門口有一隻小筐，真是奇跡，剛才

---

[1] 二十響：全自動的毛瑟手槍，使用可拆式二十發大容量彈匣，在中國被稱為「二十響」。

還沒有，怎麼一眨眼工夫就會長出一個？我奔過去一看，簡直不敢相信自己的眼睛了——半筐白花花的雀蛋，少説也有五十個，整整齊齊地堆成一堆。我用手背揉揉眼睛再看，半小筐雀蛋還在，我趕忙四下搜尋，可連一個人影也沒見到。這就怪了，難道這真是一隻寶筐？不可能，寶筐早讓黑心人給拆了，再説那只是故事，到底是誰送來的呢？

筐裏有張小紙條，我趕忙展開一看，紙上面寫着：收下吧，滿妹子。是他的字，我一眼就認出來了，我的伙伴還惦記着我，他沒記我的恨。我鼻子一酸，淚花往下掉，弄得棗花摸不着頭腦，連聲問：「滿妹子姐姐，好端端的你哭啥？」

「誰哭了？我高興咧。」我説着又把紙條交給棗花看。經過挫折的友誼變得更加珍貴，要珍惜它。

「順兒哥真好。我哥昨天還説：『順兒再也不會理滿妹子了。』我沒信他的話。」

我請嬸嬸把半小筐雀蛋都煮熟了，裝在叔叔的布褡褳裏，明早我要背着它去上學，把雀蛋分給同學們吃，讓大家來分享我的快樂。當然也要分一個給金枝，他雖然有不少不討人喜歡的毛病，可是我不該罵他，誰不要臉面呢？

嬸嬸笑吟吟地對棗花説：「今晚我多和點麵，你在這兒吃麵條吧。」

「不了，黑大嬸，俺媽知道了要説我的。」

「這丫頭太老實了。滿妹子，還站着幹嗎？快去找順兒來，兩人拉個手就和好唄。」

「晚上你跟叔叔也拉個手。」我説完直奔順兒家，往日我總愛站在門口大聲喊他，可今天剛解開了彆扭，好像一下子拉不開臉似的，我徑直朝院裏走去，貼近他家的破窗戶想「偵察」一下順兒在幹些什麼。正在我踮起腳的那工夫，屋裏有人説話了。

「呃——咳，別管我這快入土的老不死了，咳，把順兒帶走，他得罪了對門那一家，人家有勢哇，領走吧，咱家就這麼根獨苗苗，咳，咳。」

一個女人在回答：「那個人也是個刻薄鬼，上回順兒和他鬧翻過，這回再去他非揍順兒不可，這可憐的孩子准受氣不可。」

「咳呃，順兒娘啊，再不行讓順兒改他的姓⋯⋯咳，給他磕個頭，呃，賠個不是。」

「也只有這樣辦了，這個苦命的孩子⋯⋯」

完了，順兒媽要把順兒領大楊村去了，像誰往我脖子裏塞進塊冰似的，我覺得霎時間就涼到心裏。怎麼辦？對，快給順兒透①個信，無論如何不能讓他走，不能讓他上楊村去受氣。他是咱們李家莊的人。我拔腿就往外跑，剛跑

閃亮的螢火蟲

---

① 透：暗地裏通風報信。

出大門就和人撞個滿懷，一看那人正是二牛。屋裏的人大概聽出院子裏有動靜，順兒媽問：「哪個？」

我不管三七二十一拉着二牛一直跑到打穀場，那裏僻靜得很，我劈頭就問：「順兒呢？」

「俺，俺也找他呀！」二牛用手摸着大腦袋，他的頭上有兩隻旋兒。大人都説，有兩隻旋兒的孩子脾氣強，這一點我非常相信，二牛真比別人強。

「我都快急死了，順兒娘想把他帶大楊村去，可他還蒙在鼓裏。」

「真，真的？」二牛差點蹦起來，在關鍵時刻他畢竟還是向着順兒的，「憑，憑什麼？找，找她説理去。」

「還是先找到順兒再説。」

「對，讓他先貓[①]，貓起來，俺，俺家有個大草堆，能藏，藏三個人，你，我，還，還有順兒都藏起來，讓棗花給，給咱們送乾糧，那次爹揍我，我就藏，藏了一整天，俺，俺娘都急，急哭了。」

真急人，他還翻出這些陳芝麻爛穀子的事幹嗎？我問：「你知道順兒去哪了？」

「去砍，砍柴了，有時砍完柴就，就順路去看，看他爹，他爹的墳也，也在瓜地後頭。」

[①] 貓：北方方言，指躲藏。

我們沿着一條窄田埂①向墳地走去。遠遠望去，那條向前延伸的小田埂像一條水蛇，風兒涼絲絲的似乎還夾帶着雨絲，天快黑盡了，只有一點點月光，月亮為什麼要躲在雲堆後頭悄悄地窺視我們？偶爾還傳來幾聲狗叫，好像離我們很遠。哦，墳地快到了。

二牛在前頭打前鋒，這天晚上他變得特別會體貼人，讓我攬着他的衣服下擺壯膽，我當然很樂於接受。我們深一腳，淺一腳地走着，突然一隻螞蚱撞在我的鼻子上吱吱啪啪地響，我一巴掌把牠甩掉了。

螞蚱會跳也會飛，一到黑夜牠們就像個瞎子到處亂蹦躂，你要在野外點起堆火，牠們還會往火裏跳。咱們很喜歡在草叢裏捉這玩意兒，把螞蚱放在油裏一炒，再撒上些鹽末子，真成了盤上等菜。可惜城裏人嫌這麼吃埋汰②，其實他們是沒有親口嚐過又香又酥的炒螞蚱。

「順兒呀──」二牛用巴掌攏起個「小喇叭」大聲呼喚着，喊聲在偌大的田野上空回蕩，像長了對翅膀，飛出很遠很遠，沒等聲音散盡，就聽順兒應道：「哎──」

「你快來──咱在東崗子③上等你。」二牛喊起話來倒

---

① 田埂：農田間用來劃分田界和蓄水的坑。
② 埋汰：北方方言，指骯髒。
③ 東崗子：方向，太陽升起的一方，東方。

不結巴了，他對我說：「有救了，有救了。」他和我一樣都非常高興，為了表示我們的心情，我們還互相拉了把手，二牛的手很大，這是我當時的感覺。

等人最讓人心焦了，每到這時候時間就像故意和你作對，走得特別特別慢，幾分鐘比一年還長。等啊等，終於聽見順兒「踢踢」的腳步聲了，我實在等不及了，順着聲音跑過去。他背着一捆柴小跑着過來，一眼就看見我了，驚喜地說：「是你，滿妹子？」

我連連點頭，也說不出此刻是高興還是難過，好像有滿肚子的話要說，可全讓嗓子兒眼卡住了。二牛過來幫他卸下柴，問：「俺沒，沒說錯吧，順兒果真來墳，墳地了。」

「嗯，我真想他。」順兒用腳尖踢着地上的小石子，有一塊小石頭骨碌碌地滾下山崗。

他能不想他爸爸嗎？順兒爹雖然有點膽小怕事，可是對人和氣，愛說愛笑。夏天乘涼，我們一大幫子小孩就圍住他，讓他講故事。他會講許多美麗的故事，什麼狼外婆**串門**①，豬八戒到高老莊做女婿，黑天鵝和白天鵝的故事……他肚裏的新鮮事真多，掏也掏不盡。他是那樣愛順兒，大熱的天也讓順兒坐在他的膝蓋上，用葵扇驅趕着蚊兒，喃喃地說：「順兒，小順兒，順順當當地長大。」那時，

---

① **串門**：俗語，指到別人家閒坐。

順兒媽遠遠比現在年輕，好像也很美，她愛和順兒爹鬧笑，有時順兒爹說句俏皮話，她就用葵扇打他，其實那扇兒高高揚起輕飄飄落下，連我都知道這不是真打，可順兒爹卻連連喊疼。

這樣的好人也會死，他得病才一個月就死了，想來真讓人傷心。下葬的那天，順兒娘哭啞了嗓子，村裏許多人都傷心落淚。惟有順兒跟在抬棺材的後面睜着亮晶晶的小眼睛東張西望，一滴淚也沒有，直到落棺的時候，他突然撲過去死死地抱住棺材大哭起來，哭聲催人淚下，三個大人都沒拉開他。

「我以為他還會活過來，直到落棺時才明白他永遠不會醒過來了。」順兒後來說。

二牛說：「你甭[①]回家了，你娘要帶，帶，帶你到大楊村去，還，還讓你改姓楊，嘻嘻。」他竟笑起來，我瞪他一眼，他忙捂住嘴，不知他今天怎麼會這麼溫順。

我扯住順兒的衣袖，生怕他突然在黑夜中逝去，說：「你趕緊躲起來，明早你娘就會把你哄走的，她和你爺商量的話全讓我聽個一字不漏，也怨我，你爺還提到……那個事。」

「腿長在我身上，俺不去就是，你別慌。」順兒滿口答應我，「我恨那個人，我絕不上他家吃他的飯。」

閃亮的螢火蟲 ——

113

---

① 甭：北方方言，「不用」、「不必」的意思。

「你娘為啥要跟楊皮匠……」

消息靈通的二牛忙説：「哎，俺早，早聽講了，村裏有，有閒話，説，説憑啥給，給地主家的人守寡，後，後來順兒娘就嫁，嫁楊村去了。」

「娘！」順兒低低地喊了一聲。

我的鼻子也在發酸，我想起順兒娘那張布滿愁容的臉，那回她讓楊皮匠打得滿臉是血，可還是跟他走了，那些閒話為什麼要把順兒娘逼上這一步？如果能把順兒爹換回來，我情願代他去躺在地底下，一輩子不吃不喝也不唱歌。

二牛搔着頭皮：「咋，咋辦哩？俺還得回家吃，吃雞腿，今，今個俺哥甘泉來，來吃飯。」

「你先回去吧，上俺家去一趟，去對俺娘説，別等我了，讓她在那兒好生過日子，別牽掛我，我會長大的，爹説過，我的名字很吉利。那時，我就去接她。讓她先熬着吧。」像讓根魚骨鯁住似的，順兒説不下去了。

二牛走後，我們默默無言地站了許久，借着一點點月光，我只能看見他微微翹起的下巴，他似乎正用牙齒咬住下唇，那對虎牙發出冷晃晃的光。

「上俺家去吧，順兒。」

「黑大叔知道我倆鬧彆扭的事嗎？」

「知道，叔叔想打我的。你還疼嗎？」

「有一點點疼。」順兒忽然笑了，「其實他罵得挺兇，

下手很輕，我沒怎麼疼，只是肩上……」

「都怨我。你恨我嗎？」

「別胡説，我怎麼會恨你呢？牙齒和舌頭還要打仗哩，這不算什麼。滿妹子你真好，名兒好聽，人長得好看，心兒又好，我要永遠和你好下去，再也不對你發火，你有了錯我就好好説你，我要有了錯你也好好對我説，行嗎？」

我讓他誇了個臉發燙，心裏像打翻了個蜜糖罐子甜滋滋的，使勁點點頭：「誰也不准放賴。」

「我絕不賴，誰賴誰是狗子。」

「晚上你住哪兒去？」

「上拐腿爺爺那兒去，他疼我。」

「走，上俺家吃麵條去，嬸嬸多和了麵讓我來喊你的，去吧，叔叔這兩天脾氣可好了。」

「我老吃你家的東西……把這捆柴挑到你家去，只是這全是鮮枝子，不怎麼幹。」

我想幫他背柴的，可是這捆柴沉極了，怎麼也提不起來，最後還是由順兒背上了。

我倆一進院，叔叔就在屋裏説：「准是他們回來了，呵呵，我還以為是大狼把他們叼走了。她嬸，快端麵條來，我的肚子早**唱空城計**[1] 了。」

---

[1] **唱空城計**：比喻肚子餓。

叔叔就是這種人，高興起來話兒特多也愛笑，你就是說句過分的話也不要緊。

嬸嬸擀的麵條又細又長，比城裏賣的掛麵還好吃，滑潤得很，只要輕輕一吸，它們便會自動溜進嘴裏的。麵湯上漂着油花，碗底還臥着兩隻荷包蛋，想起鄭莊的山猴他們罵咱們村洗腳水下麵湯的那些話，真想扯住山猴的耳朵讓他來瞧瞧，不饞掉他兩顆大牙才怪呢！

嬸嬸看我們吃得高興，眼睛瞇成了線。我總以為在我不在家時她和叔叔已經和好了，聽叔叔說：「她嬸，快吃吧，要不麵條都漲糊了。」

嬸嬸居然對叔叔的關心紅了臉：「嗯，不忙，不忙。」

我嘎嘎地笑起來，樣子一定十分蠢，順兒悄悄地拉了我一把，叔叔含笑看着順兒說：「小順兒比俺家的小馬機靈。」

順兒紅了臉，忸怩地用手扒拉着夾褂子上的補丁。嬸嬸拿着針線走過來對順兒說：「來，脫下那夾褂子，我給你縫兩針，看剐得。」

「脫下夾褂就是光膀子了。」順兒顯得十分驚慌。

「不要緊，屋裏暖和着呢，快脫！我一會兒就縫補完了。」

「我，不，不……」

叔叔用他那雙錐子般尖銳的眼睛盯住順兒，他已經看出什麼破綻來了，其實連我也覺察到平日大大方方的順兒

今天有點異樣。他一把把順兒攬在懷裏，順兒用力掙着，可是怎麼也強不過叔叔那雙像鐵鉗一樣的大手，順兒臉漲得通紅，像做了一件虧心事。叔叔說：「小傢伙，別動，小心碰壞你。」邊說邊解開他的衣扣，慢慢地扒去他的夾褂子，突然，叔叔的眼光僵直了，像發現了什麼似的，張大嘴巴垂下頭去。

我湊近一看，不由得也驚呆了！順兒的肩頭又紅又腫，有幾處磨碎了皮，血肉模糊，和夾褂裏子粘在一起，現在還淌血呢，那夾褂子上印上了殷紅的血跡。我為順兒而哭，壓在他嫩肩膀上的擔子太重了，他幾乎要喘不過氣來了，這多不公平啊！

嬸嬸像害了牙疼病似的噝噝地倒吸着冷氣，背過身子，眉頭不停地打戰。

叔叔繃着臉，替順兒洗着傷口，輕聲輕氣地說：「忍着點吧，孩子，疼極了，你就唱歌，唱歌會給人鼓勇氣，使人忘記苦痛，忍着。」

「我——不疼。」黃豆般大小的汗珠子從他的額上滾下來，亮晶晶的像珍珠一樣閃亮，他像犯了大罪似的，喃喃地說，「我想多挑點……馬上要過冬了，天冷費柴，下了雪，道上滑……」

「不，不，別說了……我這個當長輩的幹了些什麼？難為你了，孩子，我只顧了自己家，讓你吃苦了，嗨，我

真是混帳！」叔叔蹲在地上用拳頭捶着自己的腦門兒，一下下也像砸在大家心上。

嬸嬸唏唏地抹淚：「要是你爹知道這些，在九泉之下也閉不上眼，還有你可憐的娘。」

「千萬別告訴俺娘。」順兒哀求我們。

叔叔把順兒摟在懷裏，熱烈地親着他，我發現叔叔那雙嚴厲的眼睛裏充滿了柔情和慈愛，就像摟着久別重逢的兒子，又像是從什麼地方撿來一個被他錯怪的孩子。順兒依偎在叔叔的懷裏溫順得像一隻小羊。

「你一心一意唸書吧，滿妹子有的東西你也應該有，你還小，應該過無憂無慮的生活，砍柴的事我包下了，聽見沒有？」

「嗯。」順兒忙用虎牙咬住下唇。

「嗚——哇——」有人在窗戶下大哭起來。我隨着聲音跑到院裏，只見棗花倚在牆上捂着臉哭，我忙問：「二牛又欺負你了？別哭，俺找他講理。」

「不是……嗯，我在外頭聽見了你們的話，怪心酸的。」她真是個好心腸的丫頭。我說：「謝謝你，謝謝你。我們都要幫助順兒……他很苦。」

第二天大清早，順兒媽獨自走了，我和順兒站在老禿山上目送着她。秋風吹亂了她的頭髮，她只顧踉踉蹌蹌地朝前走，顧不上理理頭髮，越走越遠，越走越遠，哦，她

的背微駝着，她撩起衣襟擦眼淚了，她不知道兒子在送她，如果她知道順兒在山上像根木樁一樣站着的話，一定會回過頭來飽飽地看他幾眼。不知為什麼，我的心動了一下，湧出一股酸楚的感情，這是在惜別嗎？她是個好媽媽。順兒媽拐進山後的公路去了，她的身影消失了，順兒忽然發瘋似的喊起來：「媽，媽——我在這兒！在這兒——」

沒有人回答他的話，四周先是一片沉寂，緊接着他稚嫩的聲音在山谷間回蕩：「我在這兒！我在這兒——在這兒⋯⋯」

七　抓了個活的

打那以後叔叔交給我一項特殊任務，他說：「小馬呀，你替我看住順兒，別讓他上山砍柴，他肩上的傷口剛結好。聽見嗎？」

我向來是聽叔叔話的，所以我非常認真地執行着任務，每天放了學總寸步不離順兒。二牛很快就發現了，諷刺我是「**糨糊**①」，成天粘在順兒身上，哼，去他的，我才不怕他說閒話。

這天放學放得早，順兒央求我說：「讓我上山砍些柴，少挑點不會累着的。」

---

① **糨糊**：漿糊，黏合劑。

「不行，你敢去我就告訴叔叔。」

「黑大叔太受累了，一個人砍兩家的柴，再說俺家⋯⋯嗨，怎麼也報答不了他的好心。」

我沒出聲，可心裏已經軟下來了。他轉着眼珠想了一會兒，説：「好妹子，別洩密，等我回來保證給你逮個大斑鳩，那斑鳩鳥叫起來氣嘟嘟，氣嘟嘟，像誰欠牠幾百吊[1]，真好玩。」

「俺不要那饞東西，牠們淨跑到打穀場去偷嘴吃，討人嫌！」

「那，給你逮個石兔，再編個大籠子。」他在加碼。

「行，不過，我要跟你一塊去。」

「那大山可深啦，又是一溜上坡路，天一黑還有大狼，血紅血紅的眼睛，你敢去嗎？」

「你敢我也敢，忘了上回和你一塊看瓜的事了？」他竟把我當成膽小鬼，我才不服氣哪！

我們找出砍刀和捆柴用的繩索就出發了，走到村口就看見嬸嬸在井台上打水，讓她知道了，非把我們攔住不可，正想拐進小胡同，就聽到多嘴的金枝媽站在井台上用手指點着我們高聲大氣地喊：「喂，你倆上哪兒去？天都快黑了，咦，躲什麼，怕見人嗎？」

---

① 吊：古代錢幣單位。

閃亮的螢火蟲

金枝媽就是那號**見了風就是雨**①的人，難怪有人說她比閻王老爺還管得寬。咱們沒理她，撒腿就跑，只聽她還在咋呼：「喂，隊長媳婦，我替你把侄女婿都選好了，順兒這孩子能幹，他倆又合得攏⋯⋯」

我們不由得放慢腳步，想聽聽她們怎麼議論咱們，嬸嬸說：「金枝娘，別鬧笑，他們還是嫩崽崽哩。」

金枝媽忙轉了口風：「是哇，我也是說句笑話，不說不笑不熱鬧，順兒家的成分太高，你們兩家祖祖輩輩都有仇。」

順兒的臉發白，像棵打**蔫**②的小苗。我勸他：「順兒，別聽她的，我和你好，不會恨你。」

「我告訴你，我爺又幹壞事了，那天夜裏，我睡醒過來，聽見李羅鍋在和他說話。」

「李羅鍋？他半夜去你家幹嗎？」

「不知道。我還聽見他哭，好像是求我爺給他一件東西，我爺沒給，他就罵了許久。等他走後，我問我爺這是咋回事。他說，是我在做夢，沒有那回事。」

「也許是你在做夢！」想起翠花姐說的話，李羅鍋是恨老地主，常罵他，還用皮帶抽過他，要不是叔叔他們的

---

① **見了風就是雨**：成語，一聽到風聲便要下雨了，比喻人一聽到一點消息就立刻大事渲染。

② **蔫**：形容精神不振。

阻攔，他早把老地主打死了，再説，現在全村就數順兒家最窮，李羅鍋怎麼會去地主家要東西呢？説他痛哭流涕更是不可信了。

「不，不是做夢，是真的，我想他下次還會來的。」

太陽偏西了，在一大片紅薯地上抹了一層金黃色，地裏裂開了一道道口子，我們都知道，這表明紅薯成熟了，馬上就要起收了。紅薯秧子在一溜小風中擺動着，沙沙沙地響，像蠶兒正在吃桑葉。見到這些，好像我們已經聞到一股甜絲絲的味兒。我們愛在沙土地上摳個小坑，從大爐灶裏扒出點火炭鋪在坑底，放上幾隻兩頭尖尖的小紅薯，再鋪一層炭火，然後用沙土堵嚴實，過一會兒再扒開土，那沙土真燙手，生紅薯變成了香噴噴的烤紅薯。

又有一陣風吹來，瓜秧子像大海的波浪起伏着，一望無邊的紅薯地裏冒出半截人腦袋來，我説：「不知是誰在那裏蹲着。」

「會不會是偷紅薯的？」

「怎麼辦？」

「抓活的。你從正面過去，我去抄他的後路，別怕，紅薯是隊裏的，要是碰上賊，非捆起他不可。」

見他**毛着腰**[①]跑遠了，我才朝冒出腦袋的地方走去，

[①] 毛着腰：彎腰。

不知為什麼，身邊沒人的時候，心就像敲響的小鼓怦怦直響。「你是個膽小鬼嗎？」我在心裏罵自己，這果然能壯膽，我的心裏踏實多了。

沒等我走到目的地，蹲在紅薯地裏的那個人就呼地站起來，快步朝我走來，還提着褲子，這下我看清了，那人正是村裏的二流子李羅鍋。

他是我們李家莊的敗類，又懶又饞，還油嘴滑舌。有時他也出工^①混工分，別個在地裏鋤草，汗水往下淌，他倒好，跑到田頭的樹蔭下呼呼大睡，鼾聲比打雷還響，快把土地公公驚醒了。這還不算，他還常常偷雞摸狗，拐騙小孩的衣服。

李羅鍋嬉皮笑臉地對我說：「喲，滿妹子怎麼跑這兒來了，是不是饞紅薯了？」

我拉下臉，說：「俺才不呢，你是不是來偷紅薯的？」

「小小的人說話可不能缺斤少兩，俗話說，抓賊抓贓，捉姦捉雙，你可不能憑空給我扣上個賊名，人要臉樹要皮。」

「那你上這來幹什麼？」

「哎呀呀，你想到哪兒去了，你大叔我能這麼貪小嗎？我嘛，肚裏憋得難受跑這兒來拉屎，這不，褲帶還沒繫上

---

① 出工：中國內地用語，指上班、出勤。

呢。」他斜着眼奸笑，真的動手繫起褲帶來。

「呸！」我用力唾了一口，真是自討沒趣，要是不在這兒耽擱下來，説不定早到山上了。唉，哪兒有賊，我扭頭就跑，只聽李羅鍋在我身後喊：「別忙着走，不信你來查查，捂着鼻子來好啦。」我跑得更快了，只聽順兒在喊：「滿妹子，別走……」

「走吧，他在這兒拉屎……」

「胡説，李羅鍋，這紅薯是不是你刨出來的？」他厲聲問李羅鍋。

李羅鍋吃了一驚，眨着母牛眼説：「紅薯？誰也沒挖過，怕是你眼花了。」

「別**耍滑頭**①，你過來看。」

離開李羅鍋十幾步遠的地方，紅薯秧子被拔了一地，土像被豬拱過似的，一小堆紅薯集中在一塊兒，他真是個小偷，剛才他就是從這裏跑過來迎我的，差點上他當了，我憤憤地質問他：「你不是説你在地裏拉屎嗎？你這個大騙子。」

「是在拉屎，我壓根兒沒去刨過紅薯，誰要這破玩意兒？唉，現在真是跳進黃河也洗不清了，我敢起誓，哪個偷紅薯哪個坐車讓車軋死，坐船掉海裏餵魚。」李羅鍋黑

---

① **耍滑頭**：使詐，用狡猾計謀來佔便宜。

黑的薄嘴唇不停地翻動着。

順兒說：「那好，你拉出的屎在哪兒，你說！」

「這個，這個嘛，我生的是痢疾病，蹲了半天都沒拉出來，哎喲，又疼了。」他支吾着，彎着腰軟下腿坐在地上裝死，直嚷，「救命，疼死了。」一邊用那雙陰險的小眼睛瞟我們，看我們怎麼對付他。

「好，你把手伸出來讓我瞧瞧，你有沒有痢疾病，我全能看出來。」

我心裏直嘀咕，順兒什麼時候學會看手相的？胡謅吧？李羅鍋可是個沒理也要攪三分的**滾刀肉**[1]，順兒要是出了洋相那就完了。可是我沒阻攔他，順兒是個有心計的人，絕不是二牛那種**愣頭青**[2]，他這麼做總有他的道理。

李羅鍋乾笑笑，他大概也認准有機可乘，說：「看就看，沒想到你這小子還是他媽的半個**郎中**[3]，你要是胡說八道，小心我把你扔到河裏餵王八。」

順兒一把抓住他的手，興奮地大叫起來：「你賴不了了，賴不了了，你就是偷紅薯的賊。」

啊，李羅鍋那雙手上沾滿了紅薯漿子，剛起收的紅薯

---

[1] **滾刀肉**：北方方言，滾刀肉是那種切不動、煮不熟、咬不開的肉，比喻那些耍無賴、難纏的人。

[2] **愣頭青**：指做事衝動、不經思考的人。

[3] **郎中**：醫生的俗稱。

皮上都冒甜漿，那漿子和膠水一樣發黏，上了手還輕易洗不掉呢！李羅鍋肯定是在偷紅薯時，發現我走過去忙迎上來打馬虎眼^①，我卻上了他的圈套，我這個「秀才」遠遠不如順兒聰明。

「你還有啥話可説？」

李羅鍋頓時成了洩了氣的皮球，人也矮了半截，垂頭喪氣地説：「肚子餓得慌，想刨個紅薯填填飢。」

「填填飢要刨這麼多紅薯？你一定是想賣了紅薯換酒喝，是不是？」

李羅鍋打了自己一個嘴巴：「我真該死，真該死，你倆高抬貴手，抬抬手。」

「不行，非送你到大隊部^②去，要不你改不了。」

李羅鍋從兜裏掏出兩毛錢來：「好兄弟，這錢給你倆買兩碗老豆腐吃，那拐腿老頭的手藝……」

「誰要你的臭錢！老老實實跟咱們走，要耍花招就捆上你。」

李羅鍋見軟的不行就來硬的了，兩條惡眉吊起，母牛眼裏射出凶光：「臭地主崽，你抖起來了，敢捆我？我宰了你，哼，一刀剁下一塊肉。」

---

① 打馬虎眼：故作糊塗。

② 大隊部：中國少年先鋒隊（中國少年兒童的羣眾組織，是他們學習共產主義的地方）在學校推行共產主義工作和活動的基層組織。

「你敢？你才臭，你才臭，來人哇——」

李羅鍋拔腿就跑，我們邊追邊喊，正逢收工的時候，大人們都圍過來，甘泉哥一把揪住他的脖領子：「逃，往哪兒逃？走，送他去見黑大叔。」

「大黑呀大黑，我和你這狗日的[①]前世就結下了仇，你香不能香一輩子，我羅鍋臭也不會臭一輩子，騎毛驢看唱本——走着瞧。」李羅鍋咬牙切齒地罵着，白唾沫星子亂飛。

甘泉哥推他一把：「放乾淨些，再罵就把你的嘴縫起來。」

「我這兒有鞋底子線，翠花，替嬸給甘泉遞去。」枝媽在任何時候都不會放棄顯示自己嘴巧的機會。

我原以為翠花姐又會捂起臉跑開的，可是這回她沒那麼做，還深情地注視着甘泉哥，她大概是為甘泉哥的舉動感到驕傲。

人羣中爆發了一陣大笑。

這事很快就傳揚開了，金枝媽更是加油添醋把咱倆誇個夠，好像咱倆真成了英雄。學校的苗老師也在班裏表揚我們，說我們機智、勇敢，雖然有些話的意思我還不太明白，不過我知道那都是好話。苗老師不僅字兒寫得帥，而

[①] 狗日的：方言，是罵人的話。

且脾氣也出奇的好，我越來越喜歡他了，常和順兒到他住的地方去玩。他獨自住在學校旁邊的小木房裏，生活很馬虎，刷牙的杯子、洗臉的盆子全是破破爛爛的。我們一去，他就直歎氣，說沒有好吃的招待我們，其實我們才不在乎呢。把門關緊了，任外面的秋風捲着落葉亂旋，苗老師給我們講起了故事，有歷史上的岳飛抗金、義和團的故事，也講童話，還講些好人受了冤枉、受了委屈又如何如何等待着真相大白的故事，他說起這一類故事時語調總是很低沉，常常摘下破眼鏡擦拭着鏡片，他的眼睛很小，淺灰色的，沒有什麼光澤，然而卻顯得十分柔和。

我總疑心這些故事與他本人的經歷有關，我問，「老師，你原來是城裏人吧？」

「是的，我的孩子都在城裏，大的叫咪咪，小的叫嘰嘰，都上中學了。」他合上眼陷入了沉思。

「你也想回城？」

「我要走了誰給你們當老師？怎麼，把個厲害姑娘難住了。哈哈，是個愛往地上吐唾沫的秀才姑娘。」

他的記憶力簡直驚人，我怕他提起罵他「苗瞎子」的事，幸好他沒提起。

那天傍黑，二牛喘着粗氣撞開順兒家的大門，大聲驚呼：「不好了，不好了，他，他們找上門來了，鄭莊的山，山猴他們。」

我一聽事兒不妙，忙撂下飯碗往外跑。嬸嬸追着我喊：「咋啦，天塌了還是魂丟了？」我不看她的臉色也知道她説這話時臉上是笑嘻嘻的。

李莊和鄭莊只隔着條小清河，可兩個莊子的娃兒們向來是不那麼友好的，憋着一口氣誰也不服誰，除了每年賽歌前山猴派人捎口信來或者順兒托人捎口信去之外，誰也不和誰來往，見了面像仇人一樣。有時李莊的孩子跟着爹媽去鄭莊親戚家串門，讓鄭莊的孩子見了總要噓噓怪叫，那意思是，你不是説鄭莊是喝洗腳水的嗎？那你還來幹啥？鄭莊的娃到了咱們村，咱也沒好臉子讓他們瞧，這個疙瘩就這麼結下了。

「多少人？」順兒正在爐灶前燒水，鍋黑子沾在腮上，鼻尖上滲出汗珠子，那個老地主又裝死了！

「二，三，不，四十多個人。」

老地主又「呃，咳」地叫起來：「順，順兒。」

「別理他！」我把順兒拉到院子裏，「他們打上門來了，咱們可不是熊包，我去叫人。」

二牛支持我：「對，有種！我，我一個人摔，摔他們仨。」二牛一向喜愛摔跤，一聽有仗打，手心就癢癢，不過在現在這個時候我覺得他非常可愛。

順兒説：「慢着，咱們先探個虛實，萬一他們不是來打仗的呢？他們不動手咱們也不動手。」

晚了，説話間山猴他們呼呼隆隆地逼近來，二牛朝順兒吼：「都，都怨你。」

為首的山猴朝咱們揚揚胳膊：「正找你們哪。」他的部下們一下子把我們團團圍住，我料到事情不妙，便警告他們：「你們是皮子發癢了？我馬上要喊人了，咱莊有五十多個娃，不把你們打成肉餅才怪哩！」

他們先是愣了一愣，隨即就咧開嘴笑了。我們第一次挨得那麼近，他們這麼一笑，讓我發現了一個秘密——他們中間的許多人都缺門牙，笑起來漏風。山猴笑呵呵地説：「你以為我們是來打仗的？才不是哩，咱們聽説你們在紅薯地抓住了小偷，特意向你們來學習的。咱們老師也支持我們的決定。」

山猴竟會這樣一本正經地説起話來，這真是**破題兒**[①]第一遭，他説得那麼中肯、誠心誠意，不像過去那樣——不是斜眼睛就是歪鼻子。我再細細地打量他一眼，發現他個頭長高了，腰間紮的那根寬皮帶配着他的細身條倒也挺合適。人家笑模笑樣地和咱們説話，咱總不能老酸着臉。我笑了，看見順兒也衝着我樂，他的意思誰覺察不出來？他是説：「看你，差點出了個大洋相。」

「快——行動！」冷不防山猴一聲令下，鄭莊的孩子

---

① **破題兒**：第一次。

擁上來抱住順兒和我的腿，把咱倆托起來抬着走，像抬兩乘大轎，聽他們還編了順口溜：

「李家莊，真正棒，李順兒和滿妹，紅薯地抓小偷，頂呱呱呀頂呱呱。」

我偷眼朝四下看，棗花、金技、小菊、翠花姐……他們都合着山猴他們的調門兒哼着，跟着「大轎」走着，眼睛笑得像彎彎的月牙兒。有幾位老太太還專為大家鼓勁説：「大點聲，大點聲。」我看見二牛了，他無精打采地走着，顯得十分不高興，他怎麼了？

剛走到井台邊，正遇上拎着酒瓶子的李羅鍋，一見他，小伙伴們突然像添了多大的勁，把那順口溜喊得更加響了。李羅鍋在朝我們瞪眼，讓他去恨吧，反正我們是對的，用叔叔的話來説：「聽見兔子叫喚就不種黃豆了[①]？你們管得就是對。」

八　拐腿爺爺

時間過得真快，轉眼間就到了冬天。苗老師回城去看他的孩子了，每年放寒假他都要回家。他走後我們覺得冷清了許多，於是就天天盼着過年，過了年老師就會回來的，

[①] 聽見兔子叫喚就不種黃豆了：俗語。兔子愛吃豆，但總不能因為怕兔子吃掉豆苗就不種黃豆。這句話是叫人做事不要畏首畏尾，否則只會一事無成。

還會告訴咱們一些城裏的新鮮事，我們多麼希望他能把咪咪和嘰嘰一起帶來。

過年這個歡樂的節日終於到來了，誰也記不清曾扳過多少回手指頭才盼來了它。農曆臘月三十，北風把鵝毛大雪送到了山村，灰色的天幕上一片片一朵朵潔白的雪花在飛舞着，無聲無息地向着大地，向着房頂，向着樹杈壓來。有的還會從門縫裏鑽進來，只半天工夫，酸菜缸上，柴火垛上，凡是放在院子裏的**家什**① 都像新用石灰水刷過似的，粉白粉白的。我張着嘴哈開玻璃窗上的冰花，等着趕集去的叔叔回來。黃昏時，叔叔穿着冬**烏拉**② 踏着雪呀嚓呀嚓回來了。他快成雪人了，帽子上眉毛上，都沾着雪星子，像個年畫上的老壽星。

嬸嬸快步迎上去，用炕帚替他撣着滿身的雪屑，柔聲問：「東西都置齊了？」

「齊了。」叔叔對我眨眨眼，「雪真大，好一個**瑞雪兆豐年**③！明兒個俺妹子就是十歲的大姑娘了，長啊長，長得比門口的棗樹還高。」昨天他就把鬍子刮個精光，下巴上青青的一片顯得特別精神。別人家裏早把年貨辦齊了，大雪天全家圍着火塘烤火。叔叔是個隊長，一直忙到大年

---

① **家什**：家具。

② **烏拉**：中國東北地區冬天穿的鞋，皮革製，鞋內墊烏拉草。

③ **瑞雪兆豐年**：吉祥語，合時的冬雪代表來年會是個豐收年。

三十才趕到十五哩外的地方去趕集。我把腦袋靠在他的胸脯上，他的棉衣冰涼，帶着寒氣兒。

叔叔從兜裏掏出四根花桿兒的鉛筆，白底碎花還帶着橡皮頭，他說：「你和順兒一人兩根，好好唸書。」我愛不釋手，緊緊地攥在手裏，只一會兒就出汗了。他又抽出條方圍巾和一頂小氊帽，那圍巾的圖案是由紅、黃兩色格子組成的，顏色挺新鮮，能把人的眼睛都耀花了，他說：「這是獎給你們兩個五好學生的。」

這一學期結束時，我和順兒都被同學們選為五好學生。棗花紮了兩朵紅花別在我倆的衣襟上，苗老師還特意買了幾個小本本送我們留作紀念，連金枝也叫好。惟有二牛酸溜溜地嘀咕：「這有啥稀奇，溜須^①得來的唄。」他定是指我們給苗老師挑過水。那些天苗老師病倒了，一咳嗽吐出的痰都帶着血絲，他還硬挺着給咱們上課，有幾次粉筆從他手裏掉下來他都不知道。我們真心疼他，下了課就幫他挑水、煎藥，老師對我們好，我們也要報答他。可二牛偏偏以為我們是為了巴結老師，按我的脾氣非要和他吵個明白，可是戴着大紅花能罵人嗎？我沒去答理他，暗想：「咱也不是紙糊的，說說也說不壞。」

叔叔說：「待會兒就把氊帽給順兒送去，我看見他那

----

① 溜須：成語，原句為溜須拍馬，指拍馬屁，討好別人。

頂帽破得不像樣了。」

「你也該給自己買一頂了，連着幾年都催你置一頂，可到今天也沒……**叫花子**[①]的帽子也比你的……」嬸嬸有點埋怨似的説，不過聲音很輕，像一陣細風。叔叔的眉毛動了動她就剎住了話。嬸嬸今天可真漂亮，腰裏繫着繡花的白圍裙，臉兒讓爐火烤得發紅、發亮，她手裏還托着一個盤子，裏面裝滿了棗糕。嬸嬸蒸的棗糕全村有名，切成菱形塊，又香甜又鬆軟，每年都有不少人上咱家來要糕吃。我吃了兩大塊棗糕，叔叔説：「給順兒送兩塊去。」我發現叔叔現在越來越喜歡順兒了。

大年三十這一天，家家都忙着殺雞宰羊，灌血腸，剁餃子餡，蒸豆包，饞人的香氣兒滿世界飛，專愛往小孩的鼻孔裏鑽，想躲也躲不了。順兒在炒葵花子兒，那瓜子兒在熱鐵鍋上發出劈劈啪啪的響聲，有幾顆還像長了腿似的蹦到灶台上來，一種籠罩着山村的歡樂氣氛把人的心攪得癢癢的，真想唱幾句什麼才好哩。我説：「順兒，要是天天過年該多好。」

「對囉！你嘗嘗這瓜子兒吧，飽得很。」

「熱瓜子兒不脆，俺不愛吃。咦，他又病了？」我瞥見老地主躺在炕上蒙着大被。

[①] 叫花子：乞丐。

「嗯。」順兒竭力岔開話題,「你看看棗花給我剪的窗花兒,她的手兒真巧。」

確實,棗花剪的那些「胖娃抱仙桃」、「鯉魚串荷花」,全是活靈活現的。我曾求她替我紮一對彩球,她答應了,可是一直沒送來,她倒給順兒剪了那麼多!我有點不高興地說:「我不喜歡這窗花。」

「不喜歡?哦,說假話吧?咱們把窗花給拐腿爺爺送去,行嗎?」

我連連點頭,拐腿爺爺住在村頭的小泥房裏,他沒兒沒女是個**五保戶**①。他不要隊裏的救濟,是個閒不住的老人。夏天他用綠豆做成滑爽的涼粉賣,冬天賣老豆腐,連那些騎着毛驢串親戚的老太太路過這裏,也要在小鋪子裏歇歇腳,花一毛錢吃些什麼。提起「鐵拐李」的小鋪,方圓幾十哩無人不曉。拐腿爺爺為人忠厚、和氣,人們都尊敬他,娃娃們更喜歡他了,他對孩子們也特別好,冬天裏你從山上打柴或逮鳥回來,凍得腮幫子通紅,渾身瑟瑟發抖,要是讓拐腿爺爺看見了准把你拉進鋪子,把火盆捅旺了,挪到你的身邊,還會端出一碗盛得溜尖的老豆腐,上面澆了不少辣油,熱騰騰的發出誘人的香味。如果你紅着

---

① **五保戶**:指的是農村五保供養制度,是中央政府在中國農村實行的社會保障制度。「五保」是指對符合條件的供養對象提供保吃、保穿、保住、保醫、保葬(孤兒保教)等五項生活保障措施。

臉不肯接，説：「俺沒錢。」他會火起來，吼道：「錢？你鑽錢縫縫裏去啦？你拐腿爺爺請你的客。」寒冬臘月，沒有比老豆腐更可口的東西了。吃完了一碗，再趕十哩路也不會覺得冷。拐腿爺爺就是這樣好心腸的人，孩子們也深深地愛着他。秋天裏，他的鋪子門口會堆起小山般高的柴來，那全是娃娃們送去的。我們幾天不去，他就會惦記我們，好像我們全是他的孫子、孫女。

雪真大，地上像鋪了一條巨大的棉絮。我們在「棉絮」上踩出幾趟腳印子，走出一段路，再回頭看看，身後的腳印全讓飛雪填平了。冷風迎面襲來，把鼻子吹得酸溜溜的，我告訴順兒，明天叔叔會送給他一頂非常可愛的小氈帽囉。

「明天戴新氈帽囉，明天過年，等過完了年，我上墳地去告訴我爹，讓他放心。」

「他死了就聽不見了。」

「死人不也有耳朵嗎？……不管他能不能聽見，我都要去説，讓他知道我會順順當當地長大的。」

「當然囉。順兒，你娘好久沒來了。」

「我常常夢見她回來了，還挎着小包袱，她對我説：『孩子，你再也不是沒爹又沒娘的孩子了，娘回來了，不再走了。』我真盼這是真的。」

燈光從拐腿爺爺家的窗戶裏瀉出來，我倆在大門口喚了聲：「老爺爺！」拐腿爺爺興沖沖地開了門，把我們迎

進去。呵，屋裏早擠滿了人，金枝、小菊、二牛、棗花……二牛近來不敢公開欺負棗花了，因為有一次他把棗花打哭了，這事讓苗老師知道了，狠狠地訓了二牛一頓，天不怕地不怕的二牛倒也怕苗老師，這個一陣風就能颳倒的老頭就有這點本事。儘管這樣，棗花仍然很怕二牛，這個小心眼的丫頭什麼時候才能大膽起來？

奇怪，一大幫人為什麼顯得那麼悶悶不樂？往常這時候，早熱鬧得能掀掉房頂了，哦，怨不得大家不高興，原來屋裏多了個李羅鍋。

李羅鍋正盤腿坐在炕頭上，用根火柴杆兒在剔牙，十分悠然自得。這個壞蛋，每回到了家裏吃光用盡時，總是求到拐腿爺爺門下，涎着臉好話説上一大籮，張口一個「乾爹」，閉口一個「乾爹」，好像拐腿爺爺真在什麼時候認過他這個乾兒子似的。拐腿爺爺是個刀子嘴、豆腐心的人，把李羅鍋數落一頓，罵他好吃懶做，沒出息，可末了總是收留他，搬出好吃的東西招待他。李羅鍋抓住拐腿爺爺的弱點，乾脆抱着被上拐腿爺爺家過年來了。

拐腿爺爺見大家不高興，忙賠着笑臉説：「咱**扭大秧歌**[①] 好嗎？」每年除夕，我們都愛在拐腿爺爺鋪子裏扭秧歌，拐腿爺爺用煙杆子為咱們打拍子：「咚鏘，咚鏘……」

[①] **扭大秧歌**：中國的一種民間舞蹈。

那鼓點一敲起來，腳底就發癢，非想扭個痛快不可。可今晚上，拐腿爺爺敲起鼓點子只有金枝扭了兩下，見沒人助興便也吸着鼻涕站一邊去了，誰願意和李羅鍋這樣的人湊在一塊？「這些毛孩子咋啦？」拐腿爺爺有點納悶。

順兒説：「老爺爺，你讓李羅鍋出去我們就扭。」

「那可不行，」拐腿爺爺説，「都是一個莊子裏的人，別搞僵了，小小的孩子哪來這麼多道道。」

李羅鍋撚着山羊鬍子，兩隻眼睛彈出來，像要吃人似的罵道：「這個狗不吃的小子，那心和他爺一樣毒。」

「你，你胡説。」順兒攥緊拳頭喊，額角上的青筋一掙一掙像幾條小蚯蚓，這比打他幾下還要刺他的心，他似乎急於表白自己卻又找不出足夠的有力的論證。

拐腿爺爺厲聲喝住李羅鍋：「你白活了四十來年，這幹孩子啥事？要挖根子，你這老小子也不是好種。」

二牛插嘴道：「他爹抽大煙，是大煙鬼，把房子和老婆都賣給別人，真熊。」

李羅鍋想發作，拐腿爺爺拍拍他的肩：「好啦，好啦，小孩子家家的別亂扯老婆舌，早點回去歇着吧。金枝呢，快回家，要不你媽又該惦着了。」

説真的，咱們對拐腿爺爺也有了看法，他一向對我們很慈愛，可今天就一點也不肯依我們。像李羅鍋這樣的人就不該收留他，讓他餓上三天嘗嘗餓的滋味，以後就不敢

再把口糧去換燒酒喝了。對他這種厚臉皮的人，你好言好語勸説，他根本不願聽，從這個耳朵進去，從那個耳朵裏溜走了。唉，拐腿爺爺的心思為什麼和咱們的不一樣？苗老師講過一個農夫和蛇的故事，拐腿爺爺有點像故事裏的農夫，不過我不希望李羅鍋變成蛇。

「他，他趕我們走，」二牛小聲嘟嚷着，「真是個怪，怪老爺子，俺，俺從今後不登他，他家的門。」

拐腿爺爺提着三角形的風燈走出門，把燈兒舉得高高的為我們照亮，燈光搖曳了一下，我好像看見拐腿爺爺的白鬍鬚在飄動，不管怎樣，他還是我們的好爺爺。

「俺，俺明天再來。」不記仇的二牛已開始推翻自己的決定了。

「明天俺穿新衣裳囉。」扁臉金枝只想自己的事。

一路上順兒一句話也沒説，我不由得胡思亂想起來，如果現在還沒解放，那麼順兒一定是個穿着團花大襖的地主羔子。多討嫌的想法！我為什麼要想這些？順兒現在不是和我們一樣，認為地主是世界上最醜惡的人？

快到家門口了，二牛突然挨近我，怪親昵地對我説：「半，半夜裏我來找，找你放鞭炮，甘，甘泉哥送我兩大串一，一百響，順，順兒家沒這好東西。」

「一串是給我的，硬讓他搶去了。」棗花有點委屈。

「去你的，丫，丫頭片子，你，你是個迷糊，半夜在你，

你耳邊放個大地雷也轟不醒你，哪，哪，哪一年你能守住歲？」

棗花沒敢再吱聲。我說：「俺才不放搶來的鞭炮。」

金枝忙說：「二牛，咱倆放着玩。」

「你算老幾？俺，俺自個兒放。」二牛沒好氣地說。

在我們村裏，年三十照例要**守歲**^① 的。叔叔和嬸嬸包着餃子，嬸嬸給我說起她娘家的事，我第一次發現嬸嬸很會說話，連叔叔也聽入了神，停住手盯着嬸嬸看。叔叔真有福分，他當年到嬸嬸娘家去相親，一眼就相中了嬸嬸，那時候她梳着長辮，活潑得像只百靈鳥。這都是嬸嬸告訴我的。她談起這些，臉頰上總是升起紅暈，好像這是一件十分值得驕傲的事，可惜她現在已經不是一隻百靈鳥了。

老人們都說娃娃守住這一夜，第二年個兒長得快，熬到半夜，大人、小孩都走出家門，劈劈啪啪地燃響鞭炮。可我和棗花一個樣，沒等嬸嬸把話說完，我的眼前就閃過一片紅紅綠綠的光環，色彩那般絢麗，彷彿還夾帶着金絲、銀絲，亮晶晶地耀眼睛。漸漸地它們變成一顆顆星星，旋轉着，打着滾，奇怪，它們被拉長了變了形……在夢裏，我同樣看見家家戶戶門口掛起了紅燈籠，鞭炮聲比炒豆子還熱鬧，說是在接財神爺，倒把公雞驚醒了，打起鳴來。

---

① **守歲**：除夕夜通宵守夜，不睡覺。

九　過年

　　剛吃罷大年初一的餃子，順兒就來找我了。他穿了一身半新半舊的黑布棉衣褲。叔叔把那頂簇新的小氈帽替他戴上，呵，好精神，紅撲撲的圓臉，小眼睛格外水靈。他一直把手藏在身後，說：「猜猜，我有啥好東西要送你？」

　　「斑鳩？……石兔子？我猜不着，快告訴我。」

　　「不，一定要你自己猜。」他又賣關子了。

　　「大星星，小月亮，黏豆糕，大灰狼，小刺蝟……」我閉着眼胡猜，反正他早晚會告訴我的。

　　「你真聰明，難怪別人叫你秀才，讓你猜中了。」

　　他慢慢亮出一隻用白麵蒸的小刺蝟，那對眼珠子是用兩顆紅豆做成的，有趣的是你仔細一看，那刺蝟的眼睛裏面藏着一種狡黠的神態，太可愛了。

　　「哪兒來的？」

　　「俺媽托人捎來的，她，想我。」

　　「你媽是捎給你的，俺不要。」

　　「她捎來兩個，說一個給對門的滿妹子。我知道她喜歡你。」

　　「她是一個好人。」

　　「她也聽說咱倆抓住李羅鍋的事了，她嚇壞了，讓我千萬別再惹禍。你說怪不？連我爺都怪我多管閒事，我才不聽他們的呢。」

「李羅鍋後來又去過你家嗎？」

「沒有，這事情真有點怪。」

今天連天氣的脾氣也變好了。風停了，雪住了，我們一個個穿得花花綠綠，宛如一隻彩色的皮球。雪還沒化，地上很滑，一不小心就摔跟頭，穿得厚了，栽倒了也不疼，我們前呼後擁地滿街跑，那歡鬧勁活像水庫放水。一個莊子大多都沾着親，大年初一，娃娃們的第一個節目就是挨家挨戶地給長輩們拜年。

這一天我們格外受人尊重，咱們的笑聲還沒到，主人已經站在大門口迎候了，真把咱當貴客了，好像早忘記咱們曾是他們家院裏杏樹的大敵，沒等杏子黃，幾個饞貓就溜上樹，有時着了慌，連杏核也一塊吞下肚，吃狠了好幾天吃不下飯去。不過這都是**老皇曆**[①] 了，自從咱到了苗老師的班上，就沒再幹過這號事。

我們到了拐腿爺爺家，李羅鍋還蒙着被睡懶覺，一雙破膠鞋扔在一邊發出難聞的氣味。我和棗花都捏着鼻子。我們甜甜地喊：「老爺爺，給您磕頭來了。」嘴上這麼說卻不用下跪，那些年早不時興磕頭了，只消彎着腰鞠個躬就行了。老人樂得嘴兒合不上了，青筋暴突的手發顫，好像這句話有多金貴似的，連聲説：「好孩子，乖孩子。」

---

① **老皇曆**：歇後語，比喻陳年舊事。

他滿臉帶着笑地端出一隻木盤子，裏面有八個格，我們私下管它叫「八寶匣子」，裏面分別裝着葵花子、花生仁、核桃、柿餅、松子……八樣香噴噴的好東西。我們先是推推讓讓地誰也不好意思先動手抓，還是金枝腼着臉先動手，大家便一擁而上津津有味地大吃起來。山村裏有這麼一個習慣，娃娃們在哪家吃得越多哪家的主人就越高興，我們也是實心眼，專揀好吃的往嘴裏扔，咬得一嘴油，好香。小肚子撐個溜圓，用巴掌拍拍嘣嘣地響，像鼓似的。

全村差不多都串到了，惟獨順兒家咱們沒去——誰給地主拜年？路過他家門口時聽見裏屋傳出「咳，咳……呃」的聲音，順兒像做了虧心事，低着腦袋大氣不出，三步並成兩步走，生怕有人提起什麼。我緊走幾步，追上他悄聲問：「順兒，你怎麼了？」

「沒什麼，你別問。」

我從口袋裏摸出個紅皮雞蛋：「給，這是二牛送給我的。」

「你留着自己吃，俺，吃不下。」

金枝眼倒尖，一下子看見了，從斜刺裏伸過手來：「我要，給俺吧。」

其實我並不是個小氣鬼，只因為我不喜歡金枝，拖着兩條鼻涕還帶着一臉笑，他媽給他做了件大花棉襖，男不男，女不女，我說：「不給。」

「怪哩，怪哩，順兒不要咱要，你憑啥不給，我知道你向着順兒。」

「就向着他，就向着他，咋啦？」

「噢，小倆口，小倆口子不害臊！」他竟學起他媽那一套來，拍着手取笑我。我真想啐他一口。二牛把金枝拉到一邊：「你，你胡説，我揍扁你。」

「俺也沒説你……」金枝最怕二牛，兩個旋兒的虎傢伙傻勁兒上來比老虎還兇，金枝娘不在附近，金枝怕吃眼前虧，小扁臉嚇得煞白。我立刻同情起他來了，他有**抽風病**①，弄不好就會口吐白沫，要嚇出病來多不好，今天又是個高興的日子，就説：「二牛停手。」

二牛還在對金枝發威：「你，你剛才明明在説我，雞蛋是我，我送給滿妹子的，不准你向她要。」

「你鬆手嘛，俺不要就是了。」

二牛剛一鬆手，金枝就恨恨地朝我白眼睛：「誰稀罕那臭雞蛋！」

「你家的雞蛋才是臭的。」我説。

「哼，那就別進俺家的門。」金枝説，「不要你去俺家拜年，氣死你，氣死你。」

「不去就不去。」我站住了。金枝家住在村口的井的

---

① **抽風病**：癲癇症。

後邊，我們正要去他家。

「俺家有幹棗兒，比糖還甜。」

「呸！」二牛火了，「俺，俺也不去了。金，金枝娘太，太壞，那，那天我，我上，上她家房頂，吃，吃了一個幹，幹棗，她，她就告，告訴俺爹，說，說俺，俺吃了她一匾的棗。」

「淨愛佔便宜！」我說着瞅了金枝一眼。他小臉紅一陣白一陣的，嘴裏嘟嚷着一些別人永遠聽不清的話。你說他傻不傻？咱們站下了，他也站下了。

金枝娘風擺楊柳似的朝我們走來，她的頭髮上抹了老多刨花油[①]，小髻髻又黑又亮，蒼蠅爬上去也會閃了腿。離老遠，就笑成一朵花：「哎喲喲，來給嬸子拜年了？好孩子，乖孩子……」

我們愣了一下，誰也不吱聲。在我們村裏，娃娃們不去哪家拜年，哪家就丟臉。處處顯能的金枝娘，看她今兒個怎麼辦！

「媽，他們都說不去俺家拜年。」金枝哭喪着臉，把鼻涕吸得吱吱響，彷彿是一隻踩扁的柳笛。金枝娘睜大眼睛挨個兒看了我們一眼，薄嘴唇顫了幾顫，我原以為她會發火，怎麼也沒想到她會笑，而且笑得那麼甜。

---

① 刨花油：護髮油。

「哪能呢？這些娃兒都是我心尖尖上的人，我早就説他們都是頂有出息的，他們才不會把孀子我忘啦。快，走，順兒，滿妹，二牛……」

順兒看看我，二牛也看看我，大約是因為金枝剛和我吵過嘴，我説：「你家金枝不要我去。」

金枝説：「俺沒説，俺沒説。」

「嘖，嘖，小金枝和你鬧着玩哪！快進屋吧，孀子留了老多幹棗，甜得，嘖嘖，淌口水了吧？」金枝娘邊説邊拽着我的胳膊往她家走，我嘟着嘴，腿上倒也跑得怪起勁——我被金枝娘的熱情感動了。後面，順兒、二牛他們都呼啦啦地跟了上來，潮水般的湧進金枝家，金枝尖着嗓子嚷：「拜年了，拜年了。」

金枝娘沒有説假話，她家的幹棗個兒不大卻特別甜。小氣鬼金枝還特意抓了兩把塞在我口袋裏，我不要他也不依。鬼知道他為啥那麼殷勤。

「順兒呀，你娘心真狠，過年也不接你去住幾天。」金枝娘邊用細草根剔着牙，邊漫不經心地嘮叨着。

「她給我捎刺蝟饅頭來了。」

「噢，那皮匠大概很有錢……」

順兒的臉色陡地變了。我真生金枝娘的氣。大年初一提這揪心的事幹嗎！金枝娘忙岔開話：「吃棗吃棗，今兒個由你們吃個痛快，順兒，多吃點。」可是順兒一直到離

開金枝家的時候都沒笑過一笑。金枝娘送我們出門，只聽她輕輕歎息一聲：「可憐的孩子，天保佑吧。」

「看，那，那——是誰？」棗花忽然喊起來，由於過分激動，她的聲音也變了樣。我們扭過頭一看，沿着小清河邊的那條公路上走來一個人。高高瘦瘦的，一頭被風吹得豎起來的頭髮，那一副古怪的洋眼鏡，啊，是我們的苗老師一步一步地走回來了。

我們張開手臂奔着，像屁股後頭有人追趕似的，一邊跑一邊喊：「苗——老師。」這聲音說不定比賽歌謠那會兒更響。他也加快了腳步來迎我們，我們跑上去爭先恐後地拉他的手。抱他的腰，夠不着的就扯住他的衣襟。才十多天不見，我們就想苗老師了。山村的孩子就是這樣，雖然野卻也懂得誰對我們好。

苗老師似乎比以前更瘦了，精神也不夠好，滿臉倦色，好像有幾夜沒睡了。他用平平和和的聲音和大家說話：「新年好，新年好。你們穿上新衣裳真漂亮，像一羣小鳥。」

「老師，上俺家吃餃子。」「俺，俺家是，肉餡的。」「去俺家。」大家吵成一片。苗老師笑笑說：「好，好，你們玩去吧，我先回去睡一會兒。」他扶了扶眼鏡，我忽然發現，那對灰色的小眼睛潮濕了。

我把這一發現悄悄地告訴順兒，有些話，我只肯對他一個人講。他搖搖頭：「苗老師才不會哭哪。」

「大人不會哭？嬸嬸是大人，你娘也是，她們都哭過，我看見的。」

「俺媽怎麼不回來看看？大人們都説我爺快不行了。」他用鞋尖蹭着地，説。

我想起老地主「呃，咳，咳……」的聲音，這兩天他咳得更凶了，讓人聽了也會覺得嗓子眼裏癢癢的。我問：「順兒，你想哭嗎？」

「只有女的才愛哭。」

聽了這話我真不服氣，金枝不也常哭嗎？他也是女的？可是我沒説出來──金枝怎麼配去和順兒比，別看他今兒個塞給我兩把紅棗，我還是瞧不起他。棗花悄悄扳住我的肩：「滿妹子姐姐，苗老師像是病了。」這個小姑娘眼兒真尖。

我對順兒説：「鎮上有個藥鋪，咱去買點藥給苗老師煎湯喝。」

「哪有錢？對，要不咱倆明天進山砍幾挑柴去換藥……不，冬天這濕柴人家不愛買。」

「我有錢。」棗花湊近來説。

「騙人！」在鄉下，孩子們是很難從大人手裏討到錢的，再説棗花又是個不為父母寵愛的丫頭。

棗花差點急哭了，兩隻手直比畫：「真的。每回哥把我揍哭了，我就不吃飯。娘總會偷偷塞給我五分錢讓我去

供銷社買個餅吃，可我都沒捨得花，全攢起來了。你倆可別告訴我哥。」

「棗花，你真好。我們誰也不告訴。」

「走，挖錢去。我把錢都埋在東崗子那裏的一棵楊樹下，樹上有個大鳥窩的那棵樹。」

棗花真是個仔細的丫頭，在她的指點下，順兒沒費什麼勁就把那些鋼鏰兒全挖出來了。我們也記不清究竟數了多少遍錢——後來，那些鋼鏰兒全溫乎了。一共十五個五分的，八個二分的，四個一分的。棗花把這些錢鄭重地放在順兒的棉襖兜裏。我們三個人往鎮上跑，只聽那些錢叮叮噹噹地響，順兒邊跑邊用手捂住兜兜，恐怕它們逃跑。

跑哇跑，小鎮就在眼前，大年初一，沒人做生意，藥鋪也沒開張。我們剛想擂門，就聽有人叫我們：「喂，喂，村裏死人啦？大年初一跑藥鋪。」

原來是李羅鍋，這傢伙不知什麼時候混到鎮上來了。前些天聽人說，他在外頭當了官，我才不信呢——誰會把二流子當寶貝？可現在，他穿了一套有大口袋的衣服，袖子上還別着個油漬漬的紅袖標，吊着惡眉，齜着黃牙：「把錢交出來。」

「不給。」順兒緊護着兜，我和棗花也圍上去，李羅鍋皮笑肉不笑地說：「我早晚要讓你們知道我的厲害，哼！」他一搖一晃地走了。

十　真正的冬天

　　我們仨敲開了藥鋪的門，買了一大包治咳嗽的草藥趕回村裏，天已經完全暗了下來。天空一絲星光也沒有，只有雪地泛出魚鱗般的亮光。我們不想回家，反正橫豎要挨罵了。我們急着去苗老師家，他喝了藥湯一定會健壯起來的。我們跑到那座小木屋前，輕輕地叩着門：「苗老師，開門，開門。」

　　沒人回答我們。屋裏是漆黑的一片。順兒用力一推，只聽哐噹一聲，原來，門被鎖住了。苗老師一定上誰家去串門了。我和順兒把棗花送到家門口，她用冰涼的小手抓住我的手，小聲説：「我真不想回家。」屋裏，傳出棗花爹的大嗓門：「二牛，又是你把棗花打跑了？快去找！」

　　「俺，俺，俺……」

　　棗花跑回家了，那纖細的身影一閃就不見了。

　　我倆剛走到順兒家大門口時，只聽老地主喊了句：「來——人！呃，呃，咳。」

　　我們站下了，豎起耳朵，只聽屋裏還有另一個人模模糊糊的聲音。「俺家有外人。」順兒説。

　　天空像一塊巨大的黑幕布緊緊地籠罩着房頂，耳邊又有呼呼的風聲，鬼唱歌似的。不知是怕還是冷，我上牙和下牙打着架：「去，去叫叔叔！」

　　「噓——小聲點。咱倆先進去看看。」他拉着我躡手

躡腳地挨近牆根，牆上冒出股陰森森的涼氣，透過破窗戶紙的小洞洞，看見屋裏有個黑影在晃動。

「你不交出來，我掐死你這個老鬼。」

「呃，咳，順，順——兒。」

「再喊我敲破你的腦殼，快交出來，快！」

「呃——燒了，早，呃，早燒了，扔火裏的……」

「胡說！」

「真，真的，呃，我沒，咳，那麼大的膽。」

「好，我今天要告訴你一句話，你管住自己的嘴，要敢胡説一個字，我割了你的舌頭。」

這聲音很熟，在慌亂中卻一時記不起這是誰的聲音了。門吱呀一聲開了，一個黑影從屋裏閃了出來。「站住！你是誰？」順兒喝道。

那個人拔腿就逃，只聽嗒嗒嗒的腳步聲遠去。四鄰的狗叫了起來。老地主在屋裏「咳呃——咳呃，順——兒」地叫，像要斷氣似的。順兒對我説：「那人有點像李羅鍋。你回去吧，我進去問我爺，非要問清楚不可。」

我慢吞吞地往家走。腿軟塌塌的，一點力氣也沒有了。進了院子，只聽平日悄聲細語的嬸嬸正在屋裏大聲吵吵：「把她領走？不行！……説啥也不行。」

叔叔用我所不熟悉的柔和的語調説：「哭什麼？哥來信是跟咱們商量，等鄉下亂起來，萬一出了什麼差錯，咱

怎麼交代？」

「我，我捨不得。孩子是我養大的……」

「我捨得？……，看看再説吧，李羅鍋……」下面的
聲音低得我一句也聽不清了。我推門進去，他們都吃了一
驚，像打量陌生人一樣看我。難道我臉上長花了？我累極
了，上了炕倒在被子上，問：「叔叔，你剛才説什麼？李
羅鍋怎麼了？」

「小聲點！滿妹子，小孩子家少打聽！」叔叔鐵青着
臉，一本正經地訓人。

嬸嬸怕我不高興，紅着眼哄我：「小孩子知道的事
多了就會不長個兒了。孩子，嬸子給你拿棗糕吃，餓壞了
吧？」

還以為我是小孩子！我憋着一肚子氣早早睡了。夜裏，
我做了許多嚇人的夢，嚇得我直叫喚：「媽，媽。」我聽
見嬸嬸在我耳邊輕輕地喚：「別怕，好妹子，媽媽在這裏。」
緊接着，幾滴冰涼的東西落在我的臉上。是下雨了？……
我又迷迷糊糊地睡着了。

第二天醒來，只覺得腦袋發沉，一坐起來眼前就冒金
星，嬸嬸不讓我動彈，説我發燒了。真倒楣，要喝那些苦
藥湯了。買這麼苦的東西也得花錢，真不公平！照我的心
思，還不如買冰糖葫蘆吃。

外面好像很熱鬧。李羅鍋的聲音不時被風送進來：「便

宜他了……外村的地主都**戴高帽子**① ……**鬥爭會**② ……」

「嬸嬸，外頭出了啥事？」

「順兒他爺爺死了。」

一直挨到天黑，順兒才來看我，他鼻子凍得通紅，一個人呆呆地立在我跟前。他的眼裏沒有悲傷，只有驚恐，我問：「順兒，你想哭嗎？」

他搖搖頭：「只是有點怕，夜裏，那個大屋子就剩下我一個人了。」

「你不是連鬼都不怕嗎？」我說，「你娘知道了嗎？」

「甘泉哥一早就去楊村報信了。那個人不准娘回村，娘不聽，他就拿木棍……」

「聽李羅鍋說，外村的地主都**遊鄉**了③。」

「滿妹子！」進屋取鞋底子的嬸嬸小聲叫了我一聲，「你倆好好在這兒待着，我出去打聽個事。」

嬸嬸走後，順兒說：「你知道昨夜來我家的是誰？」

「誰？」我差點從炕上蹦起來。

「李──羅──鍋。」

---

① **戴高帽子**：中國文化大革命時期（1966-1976），人們對地主、知識分子進行批鬥，逼他們戴上紙造的高帽子遊街示眾。

② **鬥爭會**：中國文化大革命時期（1966-1976），人們公開鬥爭、批鬥地主、知識分子等人士的地方。

③ **遊鄉**：在鄉村中押着罪犯遊行，作為懲戒。

「他最恨地主，怎麼會⋯⋯快告訴我。」

原來，土改前的一個夜裏，李羅鍋又跑到地主家去借錢。他家本也是地主，到了他爹這一代，又抽大煙又賭錢，把家產都折騰光了。李羅鍋從小就學他爹的樣，好吃懶做，不務正業，常憑着一張油嘴幹些損人的事。有時弄不到酒錢就上地主家借。老地主是個出了名的刻薄鬼，當然不肯借給他。李羅鍋說：「馬上要土改了，俺好歹是個窮鬼，到時候可以為你探個信，說句好話。」他倆密謀到深夜，立下了一張字據，上面寫明：由老地主供給李羅鍋酒錢，由李羅鍋向老地主提供農會的內部情況，他倆分別在字據上按了手印。這事連順兒爹也不知道。解放後，李羅鍋一直逼老地主交出字據，他沒給，所以李羅鍋常上門尋事，昨夜，他又來要字據了。

「這個壞蛋！字據不能給他⋯⋯」

「字據早讓我爺燒了。他怕傳出去罪更重了。要不是他知道自己快不行了，是不會把這告訴我的。」

「等會兒我告訴叔叔。」

「別，誰也別告訴。李羅鍋現在是縣裏的官了，他會抓我去遊鄉的。」

「呸！膽比芝麻粒還小。」

「我怕娘知道了會哭的。」

嬸嬸慌慌張張地跑進門，手捂着胸口，大口大口喘着

粗氣：「李羅鍋從縣裏叫來一幫人把豆腐鋪砸了，聽說昨晚他問拐腿爺要錢，老頭沒給。這個挨天殺的！」

「拐腿爺爺，」我忍不住哭起來，「我要找李羅鍋算帳，這條惡狗，那時還認拐腿爺爺做乾爹，拐腿爺爺，你的心太好了……」

順兒扭過臉去，也嗚嗚地哭起來。

拐腿爺爺氣瘋了。自那以後村前村後常能聽見一個拐腿的瘋老頭發出古怪的笑聲。半夜裏，他尖厲的笑聲和寒冷的風一起颳來，悲慘極了。叔叔的話更少了，成天鎖着眉抽悶煙，脾氣變得很壞，動不動就摔碗摔碟。嬸嬸總是背着大家抹眼淚，深深地歎着氣。家裏悶得慌，有時我就溜到順兒家去玩。順兒像是瘦了，眼睛比以前大了，才半個月的工夫，他就像變了個人，成天坐在冰涼的炕上，不笑也不玩，像塊木頭。有時我生他的氣，用拳頭擂他的脊背：「順兒，你傻啦？你傻啦？」他終於笑起來：「我沒傻，我想我爹了，去年夏天我去上墳，見着一隻特別亮的螢火蟲，那一夜，我夢見爹了，他給我一根黑桿的鋼筆。」

「順兒，咱們去等苗老師吧，好幾天了，他都沒回家。」

「滿妹子，苗老師大概不會回來了。我趴在他家窗戶外看過，屋裏的被子、小箱子、臉盆都沒了。」

「我不信。他要走了誰給咱們當老師？再說，他真要

走，總會跟咱們説一聲的。」話雖然這麼説，可我的心卻怦怦直跳，我想起那雙灰色的潮潤的眼睛，他回來得那麼匆忙，沒住一夜又走了。

順兒説：「咱們去村口等他，把這包藥也捎着，要是他回來，咱們馬上給他煎藥。」

天陰沉沉的，鉛色的雲層好像一塊塊隨時會砸下來的石頭，家家屋檐下都垂着白珊瑚般的冰串。剛走到村口就遇上二牛他們，他們正在玩「好人捉壞人」的遊戲。棗花眼尖，大聲喊我們：「順兒哥，你們玩不玩？」

順兒搖搖頭：「俺們來等苗老師。他來了，就把藥給他。」

金枝説：「來玩吧，苗老師不會回來了，嗯，人家讓他回自己的老家去，他就去了。」

「苗，苗老師真沒用！換，換了我，打，打死也不走，信，信不信？俺，俺誰也不怕。」二牛搖晃着四方腦袋。聽他用這種口氣説苗老師，我真不服氣：「你不怕你爹？」

「不，不怕。」二牛橫了棗花一眼。

棗花忙把話頭轉開：「聽人説，苗老師是壞人，可我不信，他那麼和氣，待人又好。」

順兒説：「苗老師是好人。」

金枝也吸着鼻涕説：「我知道地主是壞人，苗老師不是地主，當然也是好人。」

順兒低下頭去。我白了金枝一眼，説：「咱們別説這些了，還是玩吧，誰做壞人？二牛，你做吧。」

「俺，俺不當壞人，俺當好人，專，專抓壞，壞人。」二牛火冒冒地説，「讓，讓順兒當壞蛋。」

「憑啥？」我第一個叫起來。

「他，他是地，地主家的人。」二牛偷偷看了順兒一眼。

「我不是壞人！」順兒叫起來，聲音很響，把大家都嚇了一跳。

二牛低下頭，低聲嘟噥：「誰，誰叫你，你吃他家的飯。他，他家的飯是地，地主吃的。」

愛説怪話的金枝説：「嗯，地主家的鍋煮過人肉，嗯，這是聽人説的。」

二牛拍着手嚎：「哎，哎，順兒吃，吃過人肉，髒呀，醜呀，只能當，當壞人。」

順兒的臉一下子黃得像片枯葉，胸脯子一鼓一鼓的。忽然，他用手捂住了耳朵，那包藥落在地上，草藥撒了一地，他都沒看見，甩開腿往村外跑，他惟恐那些刺心的話再鑽進耳朵。

我惡狠狠地瞪着金枝和二牛——如果是個大力士，我一定會把他倆揍個鼻青臉腫，特別是這個金枝，打得他犯抽風病也沒人疼！金枝有點慌，悄悄地往二牛身後縮，二

牛大大咧咧地對我説：「滿，滿妹子，俺，俺沒説你。」

我朝地下啐了一口：「我再也不和你在一起玩了，你太壞，你是個壞小子！」

蹲在地上撿草藥的棗花説：「順兒哥會不會跑到楊莊去了？哎呀，他不會再回來了。」

我在墳地找到了順兒。順兒用胳膊擁抱着他爹那座被白雪覆蓋着的墳頭，放聲大哭：「爹，爹，你聽見了嗎？我，我不是壞人，嗚，嗚⋯⋯爹，你疼我、愛我，為啥還要生我在地主家？嗚嗚⋯⋯」

我只會陪他掉淚。順兒爹給順兒起了個吉利的名字，可是一點用也沒有。我彷彿看見有一座無形的大山正朝着順兒稚嫩的身子壓過來⋯⋯順兒爹，顯顯靈吧！

「可憐的兒子。」一個悲悲切切的聲音從我們的背後響了起來。我吃驚地回過頭去——一個黃瘦的女人拄着棍子站在我們面前。北風吹亂了她的頭髮，露出蒼老的、刻着愁苦的皺紋的前額，只有那對充滿憂傷的眼睛，仍是我熟悉的。

「娘！」順兒撲入媽媽的懷裏。母子倆抱頭痛哭了一場。順兒娘斷斷續續地老是説這麼一句話：「孩子，娘的心⋯⋯碎了，別怪娘⋯⋯心狠。」

天快黑了，順兒娘才拄着棍子回楊莊，她一遍又一遍地回過頭來看我們，一次又一次地撩起衣襟擦眼淚。

她走了，回楊莊去了，卻把一顆慈母心留下了。

十一　黑夜

我同順兒一起回家，嬸嬸已在門口的棗樹下等我們了。她凍得渾身發抖：「順，順兒，你娘來過了，給你帶來不少東西，都放在你家院裏了。院裏那些乾柴你抱進屋燒燒炕，小心凍壞身子。」我想和順兒一起進他家院子，嬸嬸叫住了我：「滿妹子，鍋裏給你倆留着飯，去端，和順兒一塊吃。」

「嬸子，我，我不想吃。」

嬸嬸扭過臉去：「你娘把你託付給我，往後要聽嬸嬸的話。」

我取來了飯，放在順兒家的破桌上，忍不住連連往手上哈着熱氣。大半天在冰天雪地裏不覺冷，進了屋，一停下來倒覺得手指、腳趾都被貓咬過似的疼。啊，炕上放着一個大包袱，剛把它從院子裏抱進來的順兒坐在邊上發呆。

為了讓他高興，我說：「你娘真好，帶來這麼多好東西，我來解開它……呵，你看，油炸果，冰糖葫蘆，一雙車胎底的新棉鞋。順兒，你不高興嗎？快笑，快笑。」

「娘哪來那麼多錢……我要送還給她，讓娘吃，她比我更苦。我真不懂事，那時她來看我，我還躲到老禿山去。」

「順兒，你好像變了個人。咱們說些高興的事吧，對，

你再給我説一遍寶筐的故事。」

他愁眉苦臉地搖搖頭：「明天講吧，現在我困了。」
説完扒下鞋，扯過破被子蒙頭就睡。我學貓叫、狗叫逗他，
他也懶得動一下。我賭着氣，把腳步放得重重地往外走，
他忽然從被窩裏探出腦袋：「滿妹子！」

「不聽，不聽，我是個聾子，沒聽見有人和我説話。」
説完，我枰的一下帶上了門。

很晚了，叔叔還沒回家。肚裏有根愁腸子的嬸嬸坐在
燈下紮鞋底，顯得心神不定。那咔咔的抽線聲隔好久才響
一次。遠處傳來狗叫聲，她就側着耳朵聽着，直到狗叫聲
平靜下來，才輕輕地歎了口氣。

「嬸嬸，快睡吧，納那麼多鞋底幹嗎？」我曾到那脱
了漆皮的小櫃裏數過，嬸嬸足足給我做了十五雙新鞋，大
小不一，可是鞋面的顏色都很鮮豔。做那麼多幹啥？穿一
輩子嗎？

嬸嬸攏了攏頭髮：「乖妹子，快睡吧，看，外面的天
多黑，黑天裏老狼會來敲窗戶。」

換了早兩年，我准保嚇得閉上眼，大氣不敢出，可現
在我才不信那些話。記得有一次，嬸嬸哄我説老狼來了，
我大着膽把眼睛張開一條縫，可直到睡着了也沒看見老狼
伸過來的長長的爪子。從那以後，嬸嬸一説這話，我就想
笑。

月亮像個夜遊神，搖搖晃晃地從烏雲後頭跑出來，濃重的雲重重疊疊，像張牙舞爪的野獸。起風了，風夾着雪珠，沙沙地打着窗戶，窗戶紙一鼓一鼓像風箱一樣。我覺得寒冷的風正從窗戶縫裏溜進來，吹得臉兒發疼。奇怪，風難道比針還細？

風在吼，嗚——嗚——像野孩子撒潑似的。不知大風要颳幾天，等出了太陽，我要和順兒去楊莊，把油炸果、冰糖葫蘆都送還給順兒娘。

我把這個打算跟嬸嬸說了。我原以為她又會誇我是個乖妹子的，沒想她擰起眉頭：「嘻，別去惹順兒娘傷心了，讓順兒……記住他娘的好處就行了。」

「我們去了她會高興的。」

「……你們懂個啥？順兒娘去醫院賣血了，給順兒買吃的，你們……」嬸嬸深深地歎息了一聲。

我忽然覺得鼻子發酸，心被一雙無形的手牽住了。我沒說話，也沒大驚小怪地發問，我突然懂了許多許多事。悄悄地掉了幾顆淚，淚順着腮流到了嘴邊，它們發鹹，發澀。

不知什麼時候，叔叔回來了，牆上映着他高大的身影，屋裏頓時變得有生氣了。只聽嬸嬸驚叫了一聲：「你喝酒了？」

我記得叔叔從來不喝酒。逢年過節時心裏特別高興，

別人喝高粱酒，他就拿一盅涼水陪着喝。嬸嬸私下告訴我，她娘家的媽就是憑這一點才相中了這個女婿。山村裏的男人喝醉了酒，不是打老婆就是罵兒女，因此我極害怕醉漢，一聽叔叔也喝了酒，我趕忙蜷縮在被窩裏，裝成熟睡的樣子，一動也不動，心想，最好別讓叔叔發現我。

「心，心裏不痛快，喝了兩，兩口。」叔叔大着舌頭，口齒含糊不清，「順兒呢？」

「回家去睡了。」

「孤，孤單單的一個？把他接來住吧。甘泉把拐腿老伯接去了，這……年頭，咱得互相……那個點。我，去把順兒抱來……」

「深更半夜的，別把孩子驚着了，明天吧。」

我剛想拍手叫好——叔叔和別人就是不一樣，喝了酒脾氣反而好了，而且還決定把順兒接過來住，太棒了。可正在這時，聽到叔叔提到了我，我就不動聲色地支起耳朵聽。大人們之間總有無窮無盡的新鮮事，可惜他們總愛瞞着娃娃們。聽，叔叔在問：「滿妹子睡着了？」

「嗯。這孩子太任性，我怕她去了會受委屈。」

「別把這事告訴她，就，就説去城裏串門。」

「你的心真狠……捨得？」嬸嬸輕聲哭起來。叔叔火了：「哭什麼？沒死人囉！我的心不是石頭做的，實，實在沒辦法。」他挨近我，替我掖好被，我聞到一股濃烈的

酒味，此時，我一點兒都沒勇氣睜開眼。叔叔用厚厚的、火熱的手掌撫摩着我的臉。我的心嗵嗵地狂跳着。我微微睜開眼，看見叔叔一雙發紅的眼睛，這是一雙充滿慈愛的眼睛。我心裏一動，眼淚奪眶而出，叔叔小聲勸慰：「這孩子，又做噩夢了。哦，哦，別哭，別哭，叔叔在這兒，別怕，別怕。」

這一夜，我一點都不困，一種很特別的感覺襲擊着我的心。我覺得，嬸嬸細細的勻稱的鼾聲是那麼值得依戀，彷彿這一切很快就會離開我跑到很遠很遠的地方去，永遠不會再來。

風在我的夢裏橫衝直撞，把房屋、高山都連根拔起，我聽到雜亂的腳步聲以及各種各樣的驚呼聲：「着火了！」「快救人！」「快去取水桶！」我一個鯉魚打挺從炕上坐起。真要命，眼皮子沉得睜不開，我喊：「嬸嬸！」可是沒人回答。我死命地揉着眼皮，啊，不是做夢，外面紅了半邊天，火捲着長長的舌頭，隨着怒吼的風旋轉着。院子外，大人叫，小孩哭，狗狂吠，亂成一片，還有嗒嗒嗒的腳步聲、水的潑濺聲。

嬸嬸從外面闖進來，聲音變得十分尖銳：「滿妹子，快下炕，順兒家着火了。」

「快澆水，快把火澆滅！」我急得直頓腳。

「風勢太大，火苗子躥出房頂了。我去找順兒，這孩

子怎麼不早點喊救火！」

　　我奔出屋，空氣裏夾雜着一股辛辣的焦味，嗆得人鼻孔發癢。火，仗着風遲遲不肯退步，救火的人把一桶桶水往火上澆，只聽吱的一聲，火苗子又躥到別處去了。嘩啦一聲，屋頂的碎瓦落下來一片。棗花拉了我一把，帶着哭腔說：「往後，順兒哥沒家了。」

　　沒等我回答，只聽嬸嬸失聲地喊：「順兒，順兒在哪裏？誰見到順兒了？」

　　人羣一陣騷亂。「哎呀，沒見着他。」「人呢？會不會在屋裏沒出來？」叔叔說：「不會吧，順兒是個機靈的孩子，快，大家喊一喊，他大概躲在附近。」

　　「順——兒呀，快——出來——」

　　沒人回答。只聽嗵的一聲，大樑被燒斷了。大夥不約而同地驚呼一聲「完了」。叔叔急得雙目圓瞪，頭髮也快豎起來了，把桶涼水往身上一澆，沖進火堆中。我哇的一聲哭起來，想跟進去，一雙粗壯的手拽住了我，我一看，那人正是二牛。我用手擰他的手，說：「放開我！鬆手。」

　　火烤紅了他的臉，他不停地眨着眼，結結巴巴地說：「你，你擰，擰吧，我不，不疼。」轟的一下，房頂塌了，幾乎在這同時，滿身冒煙的叔叔抱着一個大火團從裏面衝出來，倒在雪地上滾着，滾着，一串長長的黑煙從雪地裏冒出來，像一團黑色的霧。

嬸嬸跌跌撞撞地往那兒跑，雪地滑，她滑倒在地，喊着：「孩子，順兒，你為啥不往外跑，你為啥不往外跑？……」一步步地朝前爬去。

我預料到將發生什麼不幸的事了。聽着人們呼呼啦啦地往前跑，我的雙腿成了棉花團團，怎麼也提不起來。

「啊，誰把他的手反綁起來了？活活燒死的！」

「苦命的孩子，這是哪個黑心狼幹的事，絕後代的！嗚，嗚……」

「嘴還讓毛巾堵起來了！狗日的！」甘泉哥氣得兩眼冒火，「查出是誰幹的，我宰了他！」

嬸嬸只是反覆說着這麼四個字：「順兒醒醒，順兒醒醒……」

從來不落淚的二牛摸着順兒發黑的臉，放聲痛哭：「順，順兒，我，我是二牛，俺，俺真悔，不，不該用話，損，損你……你，你不是壞，壞人……」

金枝大把大把地甩着鼻涕：「俺把所有的新衣服都送給你，你快笑一個吧，順兒，俺家還有幹棗，媽，你快去取來。」金枝媽一把摟住金枝，長一聲短一聲地哭起來……好像死去的不是順兒而是金枝。

漸漸地，一切聲音都消失了，我覺得我飛上了天，整個大地全是燃燒的火和潔白的雪，耀眼的色彩刺激着我的感官。從哪裏飄來一片枯葉？黃黃的，已經麻木的葉？啊，

是順兒娘來了，她拄着棍，披頭散髮，走一步就流出幾滴血，可她仍在不停地走着。她喊着：「順兒，娘來了……給你帶小刺蝟饅頭來了，孩子，順順當當地長……娘的心碎了。」

不知是真實還是幻覺，當天晚上，我竟看見一隻特別亮的螢火蟲從灰燼中飛出來，那幽幽的光一閃就熄滅了——在冬天，它是很難生存下來的。

那天晚上叔叔拚命地喝着悶酒，一口又一口，酒燒紅了他的眼睛。嬸嬸的眼淚大概哭乾了，呆呆地坐在一邊，忽然，她奔了出去……後來怎麼了？哦，來了個陌生的男人，叔叔讓我叫他爸爸，啊，在我的心目中爸爸應該長得和叔叔一模一樣，不，我躲在叔叔身後就是不肯叫他。

「爸爸帶你進城買好東西。」聽，他怎麼管自己叫爸爸？我說：「不，俺不，我要嬸嬸……」

叔叔歎了口氣：「好，跟着你爸去找嬸嬸吧，你嬸坐火車走了……唉！」他的聲音一向是洪亮的，今天怎麼嘶啞了？而且還發顫，像個老婆婆那樣有氣無力。

「你騙人！」

叔叔搖搖頭，直瞪瞪地看着我，他怎麼啦？

「騙人是小狗！」我知道他喝了酒以後不會發火。

叔叔點點頭。他伸出粗大的手，我也伸出手和他鈎了鈎手，他的手指很粗，發硬，給人一種很牢靠的感覺。我

相信叔叔的話了——鈎過手指的事，哪個娃娃會懷疑這還
會有假？

火車啟動了，我忽然聽到一聲熟悉的呼喚：「滿妹
子⋯⋯」我撲到車窗前一看，啊，是嬸嬸，她哭着，喊着，
緊緊追趕着火車⋯⋯漸漸地，只剩下一個小黑點在遠處跳
躍，跳躍。

我離開了山村，離開了可親的人們，也離開了我的童
年，開始度過漫長的、沒有歡樂的日子。

一天，我們家來了一個高高瘦瘦的老人，進門便用慢
吞吞的語調說：「李滿妹同學是在這裏住嗎？」

是找我？一對灰色的眼睛在鏡片後面發出真誠的光，
微駝的背⋯⋯「苗老師！」我一把攥住他的手，晶瑩的淚
滴滴答答往下掉，「您⋯⋯那包藥，順兒⋯⋯」啊，千言
萬語該從何談起。

「我都知道了。我已經去看過李順兒和他母親的墳了，
他們⋯⋯葬在一起。」他摘下眼鏡，擦拭着，「李羅鍋交
代說，他恐怕那張字據還在，所以連人帶房子一起放火燒
了。滅絕人性，簡直是畜生！一場浩劫呀！」

我哭起來。苗老師從提包裏摸出幾串通紅的冰糖葫蘆，
說：「這是你叔叔讓我捎給你的。」

「我，我已經長大了。」我這麼想，可是我沒這麼說，
在叔叔、嬸嬸眼裏，滿妹子永遠是個愛吃零嘴的小姑娘。

「他們好嗎？」

「很好，只是十分惦念你。村裏的變化真不小，拐腿老伯的病治好了，隊裏為他蓋了新豆腐鋪，這幾天就要開張，李金枝自願當他的徒弟，對了，你猜猜，李金枝的對象是誰？」

「誰？」

他笑瞇瞇地說：「李——棗——花。你們都成大人了。」

棗花？金枝？是那個吸着鼻涕說自個兒見過鬼的金枝？不，不，一切都過去了，那個令人討厭的金枝早就不存在了。但願美好的一切不失去它的色彩，醜惡的、悲傷的一去不復返。

「秀才姑娘，」苗老師還記得我的外號，「我回原來的大學教書了，要常來看我。看見你，我會想到小山村、小清河，還有小清河邊那條公路……」

……

是那條我和順兒盼苗老師回來的公路？我披上衣服，出了屋，沿着小清河走着，走着。

啊，螢火蟲，它飛來了，在我的身邊跳着舞，那盞小小的燈籠一閃一閃。對呀，只有在夏天，像今天這樣的夜晚，牠才可能在月色下、樹影中飛來飛去，去尋找牠的同伴，用熒熒的弱光把大地映得花花點點。

飛吧，閃亮的螢火蟲。

多事兒的年齡

一天中午，林曉梅看見（2）班的帥哥方明老師在打球，也許此乃校園的一道風景，周圍的人多起來。很快，（1）班的查老師走過來換下皮鞋，也進軍球場，立刻，這兩個班的人馬齊齊的，魚貫而出，將操場團團給圍住。

「方明！帥極了！」球場外一片支持方明的叫喊聲，林曉梅看見張飛飛也夾雜在眾女生中，胡喊一氣，還揮着她的「繡拳」。

二樓三樓的教室也都把窗子打開了，探出如許五色的臉面，也有些往下夠着，上半身都懸在外面。不一會兒，方明進球了，球場頓時樂得像歡樂的海洋，迎接什麼盛會似的。林曉梅在喧騰熱鬧的人羣裏站了一會兒，又在人叢中游走幾步，鑽出來，一個人躲在清靜的一隅，真是感到一種惆悵，好像成了主流之外孤芳自賞的孤家寡人！

她茫然不知，為何眾人激動的事，她卻沒法與民同樂。在人堆裏孤獨着有多不好受呢！

「你好！」有個聲音在説話。

是陳應達，眼睛狹長，眼裏帶着淺笑的大才子。

陳應達笑一笑，説：「是不是受不了他

們的尖叫聲？對女孩子來説，這麼高的分貝是很不舒服的吧？」

「是有些吵鬧。」林曉梅得體地説。

「與其在吵鬧中度過，不如做旁觀者清。」陳應達説，「你是這麼想的吧？」

「其實，也是啦。」林曉梅笑起來，「想找個清靜的地方跳一會兒操。」

「跳操對少年人生長很好。」他介面説，「我就經常**動手動腳**①……」

「啊？」林曉梅看他一臉誠懇，反倒**蒙**②了，心想：這詞兒可是用得相當不雅。莫非，難道，也許？

「啊？啊，啊。」陳應達也察覺了，臉一紅，急出一頭熱汗。也不明着解釋，是自己説漏了嘴，只是兜着圈子，變着法子一味解釋：他們班的男生都把跳操叫做「動手動腳」，不帶任何粗俗的引申意義，只是「活動手腳」的單純意思，（1）班的男生女生彼此已經「約定俗成」了。

林曉梅只是笑，這種時候，説什麼都挺傻帽兒，最聰明的就是笑呵呵，深藏不露。

陳應達很重視這次的「口出粗言」。當晚，他打電話

① **動手動腳**：有個意思是指「調戲婦女」，林曉梅接下來就有點誤會了陳應達是説這個意思。

② **蒙**：這裏指迷茫。

給林曉梅，先通報從嚴萍萍老師那兒得到的數學興趣班即將開班的消息，末了，遲遲不掛電話。説了一通不相干的事後，有意又把話頭接上來，小心地説：「請問，你們班男生管跳操叫什麼呢？」

林曉梅笑起來，説：「我打聽到了再告訴你好嗎？」

「好，過幾天我再來問。」陳應達也笑了，説，「我想知道，你家的電話近來會不會換掉。要是換了，不知我怎麼才能打聽得到。」

林曉梅又笑。她想起，當時陳應達為了得到這個電話號碼花費了不少心機，好像是從她填的入團申請書上「竊取」到的。她聽出他的口氣，是想要她的手機號碼。按慣例，對方不明着説，她是從不會考慮給出去的，但因為是陳應達，要是給他，對於她也是一件很順心的事，於是，她就告訴了他。

「跟魯智勝給我的號碼一模一樣。」陳應達得意地説，「魯智勝收集資訊的能力總是一流的，以後可以去做間諜。」

「是嗎？魯智勝怎麼會知曉我的手機號碼？」林曉梅驚訝極了，「特別奇怪耶！」

她臨睡前，媽媽上樓來，問道：「剛才打電話來的男孩子是誰呢？」

「是我們數學興趣班的！」林曉梅説道，「是嚴萍萍老師讓他通知我的！」

「你跟人家男孩子説話還沒命地笑呵呵的，像跳進了蜜缸！」媽媽尖刻地説，「女孩子，要矜持些，要懂得，女孩一旦做了傻大姐，男孩反而不看重！」

「救命呀！」林曉梅説，「有人竊聽我的電話！」

林曉梅當時也沒想到，第二天，這個平日惜時如金的陳應達一大早又鄭重其事地委派賈里來當使者，向她説明（1）班男生的確稱這種一刻不消停的跳操叫「動手動腳」。

「相信陳應達沒錯，他就像名牌電腦，品質優良。」賈里説，「他不會隨便騙人。這個天才智商高，要行騙的話，肯定就來大的，設那種永遠也無法拆穿的大騙局。」

「他挺好玩的，我並沒有不相信他呀。」林曉梅笑道，「照你這麼一説，反倒把他説成是可怕的人物，什麼駭客之流的。」

「陳應達要是想做駭客的話，就是個黑透了的大駭客。」賈里説，「別的駭客都會來拜他為師，讓他做駭客**大款**①。」

幾天後，嚴萍萍老師執教的第二中學的數學尖子班開班了。

初三的數學尖子班總共才二十個人，數學尖子班原名為數學興趣班，後來原意就改了，變成是訓練一支在數學

---

① **大款**：中國改革開放初期，北方人把因此而變得富有的人稱作「大款」。

方面智慧超常的學生隊伍，去各種數學競賽中奪魁。但這種天才能有幾個人？所以其中有一些並非尖子，而是「死乞白賴」一定要在數學上追隨嚴老師的人，比如魯智勝他們。這些人的數學成績，一般啦，可是每次尖子班授課，他們都按部就班地坐在前排，有點「我非要搭上車」的勁頭，追啊趕啊的，就是不讓撇下他們。

女生一共才五個，（1）班有張飛飛和嫻靜端莊的女孩莊靜，原來（3）班的假小子黃鳳她們也是參加了的，這一次，換了個凌笑梅，這個人的名字聽上去跟林曉梅很像的，幸虧寫出來就不相干了，否則，尷尬死了。

嚴老師是個長着娃娃臉的女老師，她是查老師的新婚妻子，據說，以前她和教英語的祁老師也很談得來，祁老師愛上嚴老師後一直不敢表露，默默存在心裏。最後，柳麗娜老師看出來了，前去「說親」，誰知，嚴老師說她和查老師已經「**說好了**①」。

林曉梅一直替嚴萍萍老師遺憾，她覺得嚴老師跟祁志文老師站在一起，才是「郎有才貌女也有才貌」，而且祁老師人好，特別**散淡**②，優雅，他參與主編了很多書，從來不向學生推薦他自己的書。林曉梅有一次在報上看到了書

---

① **說好了**：這裏的意思是指嚴老師和查老師已說親，已決定了結婚。

② **散淡**：悠閒自在。

出版的消息，問他哪裏能買到，他還一問三不知呢！當然查老師也不錯，是那種很精幹，心裏特別清楚的老師。一輩子伴在一個大事小事都能看得透徹的人身旁，不知嚴老師會不會有點「鬱悶」？

數學尖子班有了張飛飛，就會有「**熙鳳姐姐**[①] **風格**」的言論刮進大家的耳朵裏。張飛飛先是説林曉梅她們編的校刊《羣芳譜》太離譜，不知存的什麼心，讓一些「腦子有問題」的女孩大寫文章。林曉梅並不應戰，對付這位「熙鳳姐姐」，就是用這樣「晾」着的辦法最有效──不理她，亦是最好的藐視。

張飛飛又説《羣芳譜》新刊出的一篇小幽默還算挺好玩的，寫的是一隻猴子從電視裏跑出來的笑話，但題目叫《小猴王》，太低幼了，刊出以後大家在議論，都説起題目的人弱智。

「我覺得叫『小猴王』很好啊！」陳應達聽到後認真地説，「喂，你們都説不好，按你們之意，那應該叫什麼呢？」

張飛飛笑笑，不説話。倒是魯智勝説：「她們説不如叫《赤裸的勇士》。」

陳應達搖搖頭，説：「她們可真會胡鬧。」

[①] **熙鳳姐姐**：這裏指王熙鳳，是中國小説名著《紅樓夢》的一個人物，性格潑辣，為人充滿心計。

林曉梅很欣賞陳應達的態度，她早知道自己和他都是有思想的人。

嚴萍萍老師偶爾會狠狠地出一堆高難度的題，説給大家磨煉思路，她認為解析數學最根本的就是思路清晰、理性。而它像一把刀，磨礪後才會鋒利，長久不磨，就容易鏽成廢鐵片。

張飛飛她們這撥人一旦碰到那些數學怪題，根本「磨」不了刀，知難而退，就坐在數學班，私底下議論，經常説一些天才的陳應達的「離奇故事」。説這個大才子有時像小女孩一樣感性，有一次他不舒服，跑到藥房去買藥，聲明一定要帶甜味的藥片才吃，否則就退貨，結果，別人就給他拿桉葉糖[1]。那一次他患的是頭疼病，可吃了桉葉糖後，頭不疼了，自那以後，他得什麼病都可以用桉葉糖治。凡人不行，天才就行。

魯智勝又接着説，這個大才子還會做七步詩，從他卧室的書桌走到房門正好七步路，他走過去七步想出一句詩，走回來七步又想出一句，打幾個來回，就是一首上好的七律詩[2]。

陳應達對大家的這種調侃或誇耀並不在意，隨他們講

---

[1] 桉葉糖：三角形的糖，吃下去有點清涼，多在喉嚨不適時吃。

[2] 律詩：律詩是中國古代詩詞的一種體裁，全詩共八句，分五言（五字一行）和七言（七字一行）兩種。

去，只是專心磨礪自己。林曉梅和莊靜都是那種能夠跟上嚴老師教學步伐的學生，只是，坦率地說，林曉梅每次聽到那些對陳應達的「戲說」，都會有一點點分心，牢牢地記住大家對陳應達的種種議論和說法。

陳應達往往是一馬當先的，他解完難題後，會激動地把自己的解題步驟抄在紙上，分給大家傳閱，他那一手漂亮的連體字，就像藝術品一樣，這些姿態，也都是林曉梅所喜歡的。

在數學尖子班裏，陳應達和林曉梅是公認的「金童玉女」，他們兩個時常為解題方法談得很投機，別人倒也識趣，會自動走開。而且，很怪的，林曉梅在遠距離時，對陳應達是含有敬佩之心的，一旦兩個人單獨在一起爭執數學問題時，往往她就變了，非要跟他爭個明白，怎麼也不肯示弱。

他當然更不肯示弱，他常常要在她面前表現得無所不能。

這一天，數學尖子班散了之後，教室裏只剩下她和他了。他們兩個人相隔着兩個座位，各自埋頭演算着那一堆未解出的難題。有幾次，林曉梅想跟陳應達對一對步驟，但見他埋着頭，便又不想主動前去打破沉默的堅冰。

後來，還是陳應達叫她過去看他剛排出的二元二次方程式，他叫她名字時，臉上帶着一點小男孩的頑皮和羞澀，

她走過去挨近他看公式時，他好像有點激動，用聰慧清澈的眼光把她打量了好幾眼。可是，一會兒這天才又陷入無人之境了。他離她而去，跑到黑板上揮灑自如地畫圖形，滔滔不絕地講解他的方案。

她坐回自己的座位上，靜靜地聽「陳老師」講述，她喜歡他的口才，他的自然又安靜的情感表達，也喜歡他健康的男孩式的自尊，她覺得自己真是喜歡和他在一起，欣賞這個大才子啊，聽他說數學都有點聽不厭的。

張飛飛突然跑進來，而且是小聲哭着的。她請求陳應達和林曉梅幫她去外面探視，說那個爛仔斑馬先動手把小黑帶給打了，可人家小黑帶不是等閒之輩，掌握一種「虎拳」，厲害着呢，兩個人此刻正打着呢。他們曾為了她小打過幾次了，她才不管呢，但這次不對了，特別狠，她害怕他們打出人命來，那樣，她會跟着「聲名狼藉」的。

他們跑出去，只見靠近校門口的小操場上已有七八個人在圍觀，清一色的男性。他們中有個知情人說，斑馬和小黑帶已不是第一次打架了，最厲害的一次是其中一個人被打落一顆牙，另一個人額頭多了一個「大包」，兩個人共同得過學校的一個警告處分。看客中有個人對此有興趣，說他們兩個是在「決鬥」。

自從張飛飛和斑馬好，兩個人「談」了之後，張飛飛開始叫他的小名「超超」，那斑馬就在課桌上刻下了那個

「飛飛」，他把張飛飛看成是自己的女朋友，經常等在校門口護送她回家，那張飛飛有幾次半推半就答應了。而小黑帶不放心，他認為斑馬心術不正，所以也常常在校門口等張飛飛，打算做張飛飛的「秘密衛士」，跟在後面「以防不測」，斑馬為此勃然大怒。

林曉梅看那兩個人，相互叫罵着往一堆兒去，擺出一些惡狠狠的架勢：斑馬揚拳頭，小黑帶也行啊，不遜色，人家腳頭厲害，能騰空踢碎木板。他們倆一會兒湊近了拉扯上了，相互打了幾下「黑拳」，一會兒又讓看客們拉開了，所以，這一場的「惡戰」並沒有真正打起來。

爾後[1]，林曉梅回數學尖子班取書包，見張飛飛獨自一人坐在暗處垂淚，就告訴她，放心就是了，外面那一場紛爭沒有事了。

那張飛飛忽而很激動，哭得不行，說總算有林曉梅來關心自己了，那些向她獻殷勤的男生，她每一次都認為是找到了可以相知一輩子的人，可是，稍一走近，又發現不是，他們沒一個靠得住。她還請求林曉梅多陪上她一會兒。

這一切都恍如做夢似的，虛虛的，搖曳着，如風裏那林中的樹影。林曉梅沒想到，張飛飛這個離世俗很近的女孩還會跟自己說到一塊來了。

---

[1] **爾後**：從此以後，這裏指小黑帶和斑馬兩人的紛爭平息以後。

　　張飛飛跟林曉梅說着心裏話，她說當初（1）班跟（2）班鬧翻時，她確實咒過柳老師，可是，她咒過的人很多呢，都沒有靈驗過，就是咒自己不喜歡的老師，一咒一個準，嚇得她現在再也不敢隨便使喚那些咒語了。

　　她還說，那小黑帶，那斑馬，她已經很討厭他們，一點都不喜歡了。因為他們的目的她都知道，俗死了，他們都只看見她的漂亮外貌，別的，他們都看不見的。她的心，不可能給那種沒有腦子的傢伙的。

　　「那你為什麼……」林曉梅想用「招惹」，但又覺得說不出口。

　　「我喜歡男生圍着我，那種感覺，像有許多兄弟撐腰似的。」她說，「但是，他們彼此會做出讓我不愉快的事，這讓我很傷心。我一個也不想要他們了。」

　　「就這麼簡單？」

　　「就是呀，愛一個人是不需要理由的，不愛，也不需要理由。」張飛飛說。

　　「你好酷！」林曉梅說，「可是，有點像沒心沒肝的機器人。」

　　「這就是飛飛我呀！」張飛飛說，「很高興得到你這樣的評價。現在該說說你了，他們都說肖林追你好幾年了，我想知道，這是真的嗎？」

　　「胡說什麼呀！」林曉梅說，「肖林是一個很驕傲的

男生。」

張飛飛大笑起來，説原來那是謠言呀，那好，以後她可以幫着闢謠，她也不願意相信。説着，她還提出跟林曉梅一道回家，林曉梅想拒絕，但對方那麼熱情，又曾是「勁敵」，那種關係使得她們實際是相當「在意」，高度「重視」對方的。她接受了提議，怎麼也要講點風度吧。

她們一路走時，還發現斑馬和小黑帶快快地尾隨其後，不死心呢。張飛飛恨恨地瞪着他們，他們才散去。那時林曉梅還在想：人與人，也許通過溝通可以慢慢近一點，不管怎麼樣，此刻她對非要與張飛飛勢不兩立的那個念頭變得有些厭倦了。更何況，中考的事已經沉甸甸地壓在心上呢。

誰知，自稱「窈窕淑女賽西施」的張飛飛，她的窈窕是有了，淑女卻沒影子。沒過多久，就有王小明來告狀，説張飛飛到處説林曉梅喜歡有很多男生圍在自己身邊，找到有兄弟撐腰的感覺。誰知這位「熙鳳姐姐」是有意造謠還是患上了妄想症，把自己腦子裏盤算出的東西強加在別人頭上。林曉梅氣得不行，激烈的時候還暗想：既生飛，何生梅呢！

她忍着，想等期末大考之後，與之對質，必要時可以把很多友人叫來「旁聽」，看張飛飛怎麼狡辯，大家總能

澄清的。

不久，又有一條新消息在學校「爆炸」。第二中學高中部獲准辦一個高中數學尖子班，那是在全市範圍內培養數學天才的，尖子裏的尖子才有資格進這個班。為了抓到超一流，一校只限錄取一名學生。換言之，每個學校有一個數學高材生能幸運地免試進入這個班就很不錯了。剩餘的還會留幾個招生名額，在中考中選拔一些狀元，但第二批當然就難了，要經過幾輪角逐後才能確定。

嚴萍萍老師想請陳應達、林曉梅還有（1）班的莊靜一起去報考那個尖子班。莊靜考慮了一番後，自願退出了競爭。張飛飛跟莊靜一向是不對脾氣的，便四處說是尖子班免試入學的人數少，每校只擇一名，那莊靜該有「自知之明」。莊靜本人，倒是很溫婉，只說：「陳應達和林曉梅最能代表我們二中的高水準。」

不想①，決定參與這一競爭的林曉梅遭遇了意想不到的考驗和壓力，它們讓她「鬱悶」得透不過氣似的。

這壓力首先來自陳應達，這個溫文爾雅的男生打電話來向林曉梅核實此事，他並沒說別的，只是反覆提醒她說：「你真的想好要參加了嗎？能再想一想嗎？」

「要拚命去想嗎？有這麼嚴重？」林曉梅笑起來，說，

---

① **不想**：想不到。

「我只是不甘心，或許是不願認輸，想試一試。」

「噢。」他沉吟着説，「無論別人怎麼説，你都要相信，有的人一心想要考出拔尖的成績，是與競爭無關，不過⋯⋯差距⋯⋯有時令人難堪，很殘酷⋯⋯」

她聽得似懂非懂，便稀裏糊塗地應下好幾聲，事後才覺得自己太「慷慨應允」他了。想到他這麼説話，她心裏是**咯噔**①一下，有一種很不舒服的預感。

過了一陣她才想明白，陳應達也被各種為難與不安包圍着。有人把他倆的比試説成是「才子與美女的血拼」，男生堆裏有兩種説法，一種説女孩根本沒有數學頭腦，哪怕是林曉梅，自願去參加大賽是「犧牲」做「炮灰」的。又有一撥男生説大才子陳應達沒出息，放棄得了，不該忍心與一個名副其實的美女爭什麼高低。女孩優先，他可以再憑實力考第二批。

到了一年中春意最濃的四月上旬，林曉梅的參賽成績下來了，那個分數傲居全體參考者的第四名，只跟天才的陳應達相差半分，若閱卷者高抬貴手，來個「四捨五入」，她基本能與陳應達齊肩了。

全校的女生，幾乎都把這件事看成是「長我們女生志氣」的喜事在到處傳。肖白彩也好玩，居然想在校報上辦

---

① **咯噔**：擬聲詞，物件碰撞的聲音。粵音格登。

一個「曉梅姐姐專刊」。林曉梅**釋然**[1]，雖然屈居第四，又在第二中學亞於陳應達，不一定能首批進那個尖子班，但是，她努力發揮了，顯示了能力，也鍛煉了自己，最快樂的是為一些女生找回自信。至於中考時要不要再進那個尖子班，她還要好好想一想。

其實她特別想聽到一個人的電話，那人就是陳應達。當時他給她打來過那樣的電話，後來兩個人再在各種場合相見，雙方忽然像有了點競爭對手的「**舊嫌**[2]」似的，總是避而不談與大賽有關的話語，但是，他那個電話彷彿一個逗號，沒有結束。她想他會跟她再說些什麼，也許又會從出人意料的話題說起，他是一個心思寬廣神秘得令人捉摸不透的男孩，他對她的印象應該是相當不錯，但他從來沒有說透過，不過，不說又如何，他們對另一方的印象，應該是評價「不菲」的吧。他的話，哪怕每次只是片言隻語，都會讓她覺得是最好的**饋贈**[3]，而她對他呢，會不會也是？

可是，她一直沒有等來他的電話，而且，這個大才子這期間也沒有光臨過（2）班教室。她呢，也沒有刻意去找他，只是沉着性子耐心地等。

---

[1] **釋然**：因除去疑慮而感到放心。
[2] **舊嫌**：過去的仇怨。
[3] **饋贈**：送贈禮物。

時間一天天過去，直到四月下旬的一天，聽胡彩蝶説陳應達已經收到那個尖子班的錄取通知了。

雖然沒被錄取是林曉梅預料之中的事，但是她仍很傷心，情緒像水流一樣一陣陣波動。她想，他若是能在這個時段打來電話，哪怕淡淡地跟她説一聲：你也不錯，讓我知道你的實力了。她便死心了，心裏也會痛快些。

她想到陳應達在這種「金榜題名」的時候，竟是把她忘個乾淨，沒捨得讓她分享他的喜悦，便跟胡彩蝶一樣有些寒心[①]。又想着，這下他進了尖子班，她和他將從此天各一方。原本，陳應達的進步，一直是她的動力。分開後，也許再也無法趕上他了，她顧不得生氣了，心已被濃濃的離別前的憂思所浸潤。

陳應達無聲無息地遠離了林曉梅一陣，直到「五一」節[②]前的一天，兩個人在學校圖書館不期而遇，他遲疑了一秒鐘，快步向她走來，説：「你好！」

「你好！」林曉梅答道，不知怎麼，有些拘謹，跟木偶一樣。

他一句也沒有提那場大賽的事，只是反覆説，對於男

[①] 寒心：失望又痛心。

[②] 「五一」節：勞動節。

生來説，學校實際上沒有適合他們的教材和考核標準。他説：「很多男生無所適從，我總在想這件事。」

林曉梅很感動，她覺得，自己和陳應達仍是「同一類人」。

恰巧這時，胡彩蝶來找測試心理的書，林曉梅見她在一邊偷窺，便招呼她過來。沒想到那胡彩蝶平時大咧咧的，大話愛情時分明像個專家，但這時，倒是相當靦腆，面紅耳赤地縮起脖子。後來陳應達又説了好多話，什麼男孩一生下來就有同情心，表達也好，但是，社會對男孩要求太高，規範得太嚴厲，使他們男孩不知所措，找不到落腳地。又説像他這樣的，無論如何被別人認為是成功者，心裏卻仍是不快的。

反正他講了許多，侃侃而談，揮着手像在演講。他説着説着有些激動，斷斷續續把句子説得很含糊，林曉梅都沒怎麼聽真切。她見胡彩蝶聽得津津有味，還頻頻點頭。事後林曉梅便問其陳應達究竟想表達什麼？

胡彩蝶説，她哪裏聽得懂，只是不好意思做出不理解的樣子。

臨到第二中學初三年級直升考開考的前幾天，林曉梅突然收到通知，説學校決定破格錄取她為尖子班的學生。林曉梅得知後，沒有把心中的狂喜跟任何人提，彷彿她已深沉了許多。大家都祝賀她，甚至連她那個驕傲的同桌邱

士力都説：「以後路上見了我們，不要假裝認不得了。」林曉梅猜想，陳應達一定已經聽説了這件事。但事後他見了她多次卻沒説一句。她和他究竟是哪點不對了？跟一個相互印象良好的男生競爭，她沒想那麼多，就一往無前了，但那個男孩卻不同，也許會對女孩刺目的光芒感到不安吧！

第二中學初三年級參加直升考的那一陣，全年級就他們兩個成為另類的「閒人」。他們時常在一起交談，説的都是理想與未來、世界發展與科技進步什麼的，雙方仍然都在繞開那個「尖子班」與「競爭」有關的話題，盡力去説高遠的話題。她始終很憂傷地想：他為何會把他們之間的競爭看得很殘酷？也許，男孩比她想像的要複雜不知多少。

後來陳應達變得比以前矜持，對她很少「居高臨下」，有一次還説她「很爽朗」，對她的態度跟以前不一樣。她不知自己是人大心也大，還是雙方心裏那塊石頭落了地，相處起來就沉着許多。畢竟，她和他還有三年的高中能在一起呢，何必急着把什麼都看透呢⋯⋯

選自《花彩少女的事兒》

花彩少女的事兒

那晚，來「騷擾」林曉梅的人叫黃玫玫，她是從林曉梅的表姐林曉霞那裏得到電話號碼的。這個富家女黃玫玫長着滾圓的臉，不算漂亮，但聽說她特別在意男生們的長相，看見長得精神的就叫帥哥，還喜歡對那些長得不好看的男生冷嘲熱諷。

黃玫玫在電話裏七扯八扯，問林曉梅有沒有去參加中學初三年級體檢。還說那五官科的檢查最搞笑，拿一瓶醋、一瓶酒精讓人聞，她們班有個男生長着肉鼻子，她看見他像狗狗那麼嗅來嗅去，差點笑死了。

「林曉梅，你們班那個可愛的『小布丁』的鼻子長得最耐看了。」黃玫玫説。

林曉梅問：「誰是小布丁？」

「你都不知道？」黃玫玫説，「你們的大班長，他是初三最帥的男生，叫邱士力。」

林曉梅這才知道有這回事，那邱士力以前有個外號叫「憲兵司令」，他看人時直愣愣的，有點挑釁似的，好像和「小布丁」挨不上。誰知，黃玫玫偏説這樣的男生最可愛。

黃玫玫還向林曉梅打聽邱士力的手機號

碼，説很想有人介紹她和「小布丁」認識。林曉梅聽了更覺得不可思議，但是沒有介面説什麼。

後來，林曉梅「**獨愴然而涕下**[1]」，哭得「**淒淒慘慘戚戚**[2]」，好像與這一切都有關，又好像沒有關係。

林曉梅掛斷了電話，端坐在闊綽的閨房裏，準備接着再應付那頗為棘手的「**摸底**[3]考」。班主任柳老師的原話是「很重要，很重要，很重要」，一場考試用了 N 個「重要」，這還了得！

林曉梅轟轟烈烈地背一輪英語單詞，又掃蕩般地把數學公式排摸一遍，最後才輪到古文古詩的狂轟濫炸。放下書本，冷不丁想起邱士力這壞小子來，記得初一時，她與他一起排一段英語小品，排到「公主的美麗讓王子驚呆了」時，他頭一歪，死了，她大叫起來，他才「活過來」，胡謅説：「林曉梅，我驚呆了，你比別人還要美麗。」當然，他解釋説，那「別人」是醫務室裏的骷髏。

去他的，她想，還小布丁呢，他怎麼能和肖林比呢？！

---

[1] **獨愴然而涕下**：陳子昂所寫的唐詩《登幽州台歌》的最後一句，詩歌表達了詩人懷才不遇的落寞。這句指獨自憂傷地流淚。

[2] **淒淒慘慘戚戚**：宋代李清照所寫的詞《聲聲慢》的其中一句。這首詞抒發了李清照對於宋代動亂的憂愁。

[3] **摸底**：查探底細。

想到肖林，就有一種生動的美感，繚繞着漫上來，讓她靜不下心，沒法屏聲斂氣地複習，也可以説，是不可遏制地想着肖林的派對。表姐林曉霞她們去參加肖林的生日派對了，他們四個還在狂歡吧？她經歷過一件美妙的事：肖林跟她説過生日的事，她回想着肖林喊着她的名字時，口吻顯得那麼溫柔、熱情，拂動人心哩。他關切地問起她，他會不會真希望能見到她呢？她心裏泛出溫暖和幸福，挺柔軟的情意，催得人想淌眼淚。她悄聲對自己説：啊，沒事的，我不能親臨現場，但已能感覺自己挨着表姐和肖林，正和這兩個可親的人在雲朵上奔騰，肖林在雲中叫她的名字時會是怎麼個語調呢？

心裏藏進了那種溫情的幻象，忽而想起另一個女孩張飛飛送肖林紅手鐲的事，想起明天的摸底考試，好不悲喜交加，一顆少女溫熱的心冷不丁一陣沉寂，滋味不太好，彷彿從有亮光的地方突然來到沉悶的暗處，不能找回自己似的。還有，過去她一直以為自己在學校智力超羣，被表姐、眾同學擁簇着，可是現在，彷彿別人都**忽悠悠**[1] 朝別處跑去，多她少她沒什麼。甚至一些小小的變故，也讓她難受，比如她自己不想多看一眼的身邊的男生邱士力，竟成了女生心目中的「魅力人物」。也許她苦苦地讀書，變

---

[1] 忽悠悠：擺動不定。

得有點幼稚和落伍，她不由自主地抽泣起來，又想着肖林戴着張飛飛送的手鐲，以後就會慢慢冷淡了自己。她感覺淚濕臉頰了，她居然哭了。先是小聲的，輕柔的，誰知這麼一鬆開，淚水就收不起來了，嘩嘩地淌，洇得兩頰精濕了，那只柔軟的枕頭也濕了一塊，彷彿「知我心事」，也流起了淚。説不出的傷感漫在心頭，就像天上淡淡的灰雲，難以拭擦。只有用淚雨才能把心境洗淨，洗得明鏡似的。

　　更糟的是，她無法入眠，強烈的抑鬱，忽高忽低地起伏着，讓她孤獨。心揪得緊緊的，沉沉地墜在那兒。

　　她三呼「嗟乎①！」飛快地想主意對付失眠，有個很老土的數羊法，據賈梅稱，這妙方，是從漢朝的宮廷太醫那兒流傳到民間來的。賈梅從不騙人，所以這話看來無誤。只是，賈梅這個論斷不是她發明的，而是出典於邱士力。那所謂的小布丁，誰知是好人還是滑頭鬼，有點可疑，值得多打幾個問號。

　　不過，試一試也無妨，她想，無非數數羊。於是便開始認認真真默數起來：一隻羊，兩隻羊，三隻羊……

　　她一口氣數到一百八十隻羊，差不多煩得想落入羊圈做羊好了，腦子卻仍清醒着呢，一閃念，記起賈梅説過，每次數到二百多一點時，必會數不下去，頭一歪，昏沉沉

---

① 嗟乎：表示感歎的詞語。粵音姐乎。

睡去。於是，林曉梅捺下性子接着數，一直數到五百零八隻羊，一大羣了喲，如果能把牠們放牧出來，漫山遍野白花花的一片呢。可是，她的意識反而更清醒。

林曉梅竟然還撲哧一下笑出聲，暗想：那賈梅也夠可憐的，像個小地主似的，結結巴巴，使勁數羊，結果發現沒完沒了，數得頭昏不已，厭倦了，只得投降，不如睡着了省事。邱士力夠毒的，説是宮廷秘方，分明是捉弄老實女生的圈套。

她橫豎睡不着了，心裏與這邱士力賭氣。可是，越排斥越像得到了心理暗示，閉上眼還頑強不休地想着：「一隻羊、兩隻羊……」斷不掉似的。

最後，她負着氣，狠狠地來個「以毒攻毒」。逆反着想：「不許數一隻羊，不許數兩隻羊！」就這麼硬拗着，倒過來思維，不知怎麼搞的，竟昏昏沉沉睡去。

二

那場「摸底考」成績出來了，林曉梅考得很慘，而那正同她競爭學生會文藝部長的張飛飛卻命大，勝林曉梅一籌。午休時份，林曉梅的表姐林曉霞翩然[①]而至，陪同她前來的，是那晚給林曉梅來電話的那個，表姐班裏的富家

[①] 翩然：行動飄忽敏捷。

女「五朵金花」之一的黃玫玫，據說她隨身帶的信用卡，一刷，能刷出數萬元。林曉梅發現這位「金花」不僅有「**十五的月亮」一般的臉**[①]，還臉色白皙，下巴寬寬，個子壯壯的，說話有點嗓門沙啞，看上去很橫，像**剛愎自用**[②]的「惡皇后」。可林曉梅聽表姐說過多次，她有顆棉花糖一樣的心，只要誰對她有一點點好，她就又甜又軟，溫柔得要命。她倆把林曉梅叫出教室，仔細察看她的臉。

「怪不怪呀？」林曉梅說，「憑什麼那麼瞪着我？」

「摸底考的事我都聽說了。」林曉霞說，「張飛飛到處發短消息吹她自己的考分。還好，沒在你臉上找到淚痕。」

走廊上，那幫初三的男生都看過來，其中那個斑馬，像插蠟燭似的站在那兒，使勁瞇縫着眼睛看啊看。黃玫玫不由得嘻嘻笑，輕聲說：「我要不要施點美人計？人家說雙眸左顧右盼會使對方心神不定。」

「噁心！」林曉霞說，「那個斑馬，讓他愛『恐龍』去好了，我們這樣『**柳顏梅腮**[③]』的美人看都不該讓他看！黃玫玫快往那裏望呀，曉梅班裏的小帥哥，喏，那個邱士力，你說他長得像水兵似的那個。」

[①] **「十五的月亮」一般的臉**：十五的月亮是圓月，這裏指黃玫玫的臉很圓。

[②] **剛愎自用**：倔強，固執地堅持己見，不聽他人意見。愎，粵音碧。

[③] **柳顏梅腮**：出自宋代詩人李清照的《蝶戀花》，原文為「柳眼梅腮」，形容柳葉和梅花的美態，在這裏引申為美麗的容貌。

「他的確是可愛的小布丁。」黃玫玫笑瞇瞇地說，「早就聽說他挺果斷的，與眾不同，為什麼沒有人把他介紹給我，讓我們有緣相識。」

表姐跟黃玫玫在一起說話，說學生會裏的不算太美的大美女不少，可就是帥哥少得可憐，也不過是三兩個。

黃玫玫說：「對了，曉梅，那天我們在生日會，肖林跟你說話前還反覆向我諮詢『小女孩心理』呢！肖林很希望你能當文藝部長，他說你有才幹啊！」

林曉梅聽了，心裏一陣陣不安，想：哎呀，哎呀，哎呀……

「因為曉梅是我的表妹。」林曉霞介面說，「肖林會很在乎，他最不想在我面前失面子。」

她們說了一通議論帥哥的話。末了，在返回高中部的當兒，才想到了此番前來的使命。於是，爭相「安撫」林曉梅。

「不許再想那分數了。」林曉霞說，「也不許想當不當文藝部長的事，當心想得鑽進牛角尖，走火入魔！」

「聽我的不吃虧，」黃玫玫說，「考試順當時，你就想啊想，把分數當金磚；考不順當，乾脆什麼也不想，就把這事當糞土。我爸朋友的一個女兒孫晴，是我們校友，初二學生，就因為考了五十九分，老師不肯拉分，她想不開，想啊想，連想了三天，變花癡一樣了。她看見我就捉給我一隻螞蟻，說這是她的女兒，名叫孫喜事。人要學會

為自己開脫。活得快樂，比什麼都要緊。」

「老妹。」林曉霞說，「想想塞翁失馬，有時，壞事會變好事，人啊，你換一個思維，就能換一個生活觀，全新的。」

林曉梅被她們說煩了，故意裝傻，把漂亮的眼睛往上一翻，說：「孫喜事來了！」

下午第一堂課，上語文，班主任柳老師分析語文試卷時，其間，屢次提到「有些平時語文成績很好的同學，這一次不知為何走神，犯了這樣的『低級』錯誤」。她還屢屢痛心疾首地說：「為什麼（1）班能考得好，我們就不行？」把林曉梅「**貶損**①」得無地自容。

那些考卷上的紅色大叉，判着某些答案的死刑，它們像烙鐵一樣傷着林曉梅的自尊，盯着它們看，真是看得驚心，透氣也窘迫。她惱惱地想：自從收到這破紙條，做什麼都不順，天也不對，地也不對，都與自己作對。虧得聰明的表姐「蒞臨指導」。要不，立即換個思維，想想孫喜事好了，總算有點好玩。人哪，看不到出現一片新天地，說不定，氣得淚流成河，半瘋半傻了。

不久，邱士力竟然做了林曉梅的同桌。在林曉梅看來，他們的「同桌關係」時好時壞，怪怪的。一天，邱士力揚了揚眉，接着又對着林曉梅歎口氣，挺一本正經地說：「喂，

---

① **貶損**：降低對人的評價。

一個人專注地刻苦地去努力追什麼，總會有好的結果的，你說呢？」

林曉梅看他又是這樣「揚眉吐氣」，有點可憐他，就「爽朗」地說：「祝願你心想事成，這樣才公平。」

他看着她，目不轉睛，隨後又揚了揚眉，吐了口氣，說：「我喜歡聽你這樣說，你能把這話寫下來送我嗎？」

她在紙條上刷刷地寫下來，隨後，交給他。

他俏皮地一笑，說：「這是我同桌的真跡，我會珍藏的，它歸我獨有啊。你不怕我會到處炫耀啊？」

經他這麼一說，她才發現，自己是有點太「爽朗」了，這可是驕傲的她首次贈送給一個男孩的「真跡」，她想把它搶回來，他用大手擋住她的手。她恨恨地看着他，他也看着她，還很嘴硬地說：「別小氣，我會還你一些我的真跡的。」

林曉梅說：「我會考慮拒收的。」

邱士力把頭一歪，說：「俺和你打賭，到時你一定會笑着收下的。」他說得很鄭重，還慢慢臉紅了。

直升考結束後，初三學生大都處於「休閒狀態」，有些感覺考得不錯的人，恨不能把**教輔書**① 從視窗裏扔出去，有些考得七上八下的，同樣無心溫習了，心裏存着幻想，嘴裏卻只是忐忑不安地在說着：「考不上該怎麼辦？」那

① **教輔書**：參考書。

些原本注定過不了關的學生，其實早就有了「自我接納」的準備，因此，也不過是在悠然地等待「判決」。

閒下來的那一陣，林曉梅和張飛飛之間的「兩個文藝部長之爭」立刻又開始**白熱化**[①]了。肖白彩和王小明等人紛紛告狀，說張飛飛在她們面前揚言，說要堅決打敗林曉梅，直到有朝一日當上二中學生會的美女主席。林曉梅也懶得對此說什麼。她認為，對付這種自以為是的人，比較省力的辦法是讓她們加強狂妄。

張飛飛天天拉着辦校報的肖白彩，開始大量地在《羣芳譜》上發表她的「張氏風格」的文章。另外，她還化名「浪花一朵朵」，執意在《羣芳譜》上開專欄，第一篇就是說「張飛飛同學領衔去小葵花學校為小孩們輔導藝術和閱讀」，不知怎的，她那篇繪聲繪色的文章刊登後反響還挺好的，來信表示欽佩者還不少。

那是因為很多的讀者，他們並不清楚，張飛飛去小葵花學校，並沒有為小孩們做過什麼輔導閱讀，她本人就不是什麼愛書人。她只是帶着一厚**遝**[②]《羣芳譜》分送給他們幾張，然後問大家：「張飛飛大姐讀過很多很多書，寫過好多好多文章，你們要她為你們簽名嗎？」而所謂的輔

[①] **白熱化**：形容事情進行到最緊張的狀態。

[②] **遝**：多而雜亂的樣子。粵音踏。

導藝術，是張飛飛當眾做了一個孔雀舞的動作，那天她情緒不佳，開始表演孔雀時頭抽搐了一下，像有病的孔雀，犬和小孩們笑起來，她就乾脆罷演了。

這個消息是女生孫晴帶過來的，因為那小流浪兒犬跟孫晴很親。以前犬曾碰到一些有錢人家願意收留他，但他總是隔一陣就逃出來，不想接受管教。他認為只要在街上叫人「大老闆」就能討到東西吃。後來，孫晴與他結識了，她是真心喜歡他，關心他，他也喜歡她。近來，孫晴的親戚收留了犬。那家人與孫晴一家經常來往，犬成了孫晴的弟弟。他終於答應孫晴在小葵花小學上一年級了。

林曉梅覺得她必須幫張飛飛「**肅清**[①]」留給小孩們的影響。那消息既然已經刊登在《羣芳譜》上面了，抹也抹不掉了，任由它這麼**假**[②]着也是《羣芳譜》的失策，看來只能來個「換假成真」吧。

她帶着孫晴、王小明，還有賈梅、胡彩蝶一起去了小葵花小學參加「**晚托班**[③]」。剛去的時候，班主任老師暗自搖頭，而那些孩子見了她們，誰也不說話，只用小眼睛警

[①] **肅清**：消除、整頓。

[②] **假**：待、停留。

[③] **晚托班**：一些父母都要上班的小孩放學後會去上晚托班，晚托班就在小孩放學至父母下班的空檔照顧小孩，讓小孩不會在下課後沒有人照顧。

惕地瞧着她們，也許以為又來了跟上回一樣的那些奇怪的大姐姐：她們先是在他們的練習本子上簽下許多她們自己的名字，隨後嫌那課堂太吵，沒說上幾句話，就離開了。

林曉梅笑一笑，想辦法打破僵局。她微笑着對着小朋友先學了一聲貓叫，又學了一聲狗叫，這下，全班活躍起來，連老師也笑了。在那一次晚托班裏，她們跟犬他們一起說書裏的故事，還把自己小時候最愛讀的書送了幾本給那班級建立的流動小圖書館。而且，她們還結識了「小胖」、「小貝」和「圓圓」，教他們唱歌，分別幫他們糾正英語的讀音什麼的。

誰想到，僅相隔了一周，小葵花小學就送來了表揚信和聘書，要求林曉梅她們經常性地去給小葵花學校的學生們「蒞臨指導」。

茅校長得知後便在全校的升旗儀式上表揚了林曉梅她們，說她們有崇高的理想，有服務社會的品德，有美好的愛心。

肖白彩在校報上專門做了一大版專訪，有請她們幾個詳細談了這個過程。王小明拿着刊出她們事的校報流下了眼淚，一遍遍地讀。她說，她從來沒有得到過這麼高的獎賞和肯定。一個人知道自己被別人需要，就能感覺自己並不是孤身一人活在世上，多好啊！

又過了一陣，王小明又遇上了一件更為美妙的事：在

（1）班各同學相互寫留言時，她喜歡的男生賈里在她的本子裏留了一句：「從你關懷『小葵花』的事中，可以看出，你是個善良質樸的好女孩。」

那一次，王小明結結實實地流下了滾滾熱淚。她説，進初中這好幾年來，她拚命想求的就是賈里這句話，只要他也「承認」她是個好女孩，她的初中時代的情感就是亮堂的，心裏的苦也沒白受。她已經相當知足了，別的不要計較了，何況，她認為自己從沒有把心裏對賈里的好表白過，沒有失去自尊和面子，也沒有煩擾過她深深喜歡的這個男孩。

王小明沒有通過直升考，也許注定進不了二中，而她的好友賈梅以及「好友的哥哥」賈里就不一樣，他們的成績都不錯，直升二中是勝券在握，但那又有什麼呢？畢竟，在他心裏，她還是美好的，這是跟愛情一樣美好的事。她對林曉梅説，愛情算什麼，不過也是知道自己對別人好，或是知道別人對自己好。

林曉梅很感動，她覺得表妹很純潔，也很可愛。她給王小明留言：許多的美麗是不為別人所發現的，因為它被心靈珍藏着，但它仍然是美麗而尊貴的……

那表妹王小明，愛死了這句話，後來在為別人寫「留言」時，便毫不客氣地「抄襲」了林曉梅的那句「名言」。王小明抱住林曉梅説，那句話她永遠都「不能釋懷」。

林曉梅想在畢業前再見到肖林，還有，她和賈梅都想請肖林為自己寫幾句留言，她們說好一起捧着留言本去找他，可惜，他沒來上學。表姐林曉霞說肖林也許**胃病又犯**①了，好幾天沒來上學。林曉霞還流露出很為肖林擔憂的神情，說他是個理想主義者，有點瘋狂。他做任何事都想着保持自己的「真誠與清潔」，誓不與一切醜惡妥協，不同流合污。

讓肖林留言的事，就這麼耽擱下來。到直升考和中考全結束後，初三的學生成了最有空餘時間的「有閒階級」了。林曉梅的爸爸突發奇想，說要帶林曉梅出去玩，否則的話，一旦她升了高中，變成獨立的大姑娘了，父母的很多活動就不好意思「請她出場」了。

這話甚合林曉梅的意。她早就不願意當父母的「小跟班」了。

爸爸提議把林曉梅的表妹王小明也帶上，說這樣熱鬧點。林曉梅知道爸爸是一番好心，近來，王小明的媽媽管楠阿姨和裘先生的關係開始進入微妙期。裘先生說自己是傻子，千辛萬苦追了多少年，結果追到手的是一個「破掉的愛情夢」，一切都不如他原來想像的那麼美妙。

這話傳到管楠阿姨耳朵裏，她當場就大哭起來了，她覺得自己拋棄了太多珍貴的東西，結果把愛情和生活弄糟

---

① **胃病又犯**：胃病又發作。

了。

　　林曉梅的媽媽自然有點不高興，嘟噥説裘先生不是好東西，得防着他一點，還懷疑裘先生當時猛追管楠是為了補償自己的虛榮心。管楠阿姨聽了自己的親姐姐説這樣傷她心的話，在氣頭上説她是個「烏鴉嘴①」。

　　媽媽還是氣得不行，説這輩子不管王小明一家的事。她再三説，她認為「一家三口」出遊會更和諧，但是林曉梅和爸爸是一條心，想讓王小明加盟，林曉梅覺得這個表妹參加中考後比以前「沉穩」點了，也可愛許多了。

　　那天爸爸開着車，把全家送到一個遊樂場。王小明的情緒很好，也許是看到了她媽媽和繼父裘先生的不和，她不時笑着，為了有些根本不值得笑的事也笑了很久。

　　林曉梅和全家陪王小明玩了一整天。傍晚，他們租下一個燒烤桌圍在一起吃野餐。林曉梅在鐵鍋裏下麪條時，眼睛就盯着看月亮，心想這種情致底下出來的麪條就該叫它「月光麪條」。

　　王小明嚷嚷要喝可樂，爸爸應着，林曉梅自告奮勇去買，在燒烤場的門口，林曉梅看到了一個熟悉的背影，那人正彎着腰吃力地搬沉重的飲料箱。

　　那個身影她不用仔細辨別就能認出來，那是肖林！當

---

① 烏鴉嘴：説話不中聽的人。

他們的目光對視時，都怔住了。林曉梅擔心自己在震驚得無言表白時，會不會露出一副難看的呆狀。肖林老練些，咧開嘴笑一笑，笑得那麼燦爛。林曉梅的眼淚刷一下掉下來，她跑上前，執意要幫他一起搬運那些東西。他像哄一個小妹妹一樣，說：「曉梅，曉梅，別為我擔心，貧窮並沒有像我原來想像的那麼可怕，它不過是一種環境。我正在考驗我自己的毅力呢！」

她看見他那修長秀氣的手背上有一條深深的傷痕，像嵌進一條紫紅色的絲線，她驚叫了一聲，伸手去撫摩那手背。他們的手不由自主相握在一起，一會兒，他紅着臉，輕輕地小心地收回自己的手，把兩隻手交疊起來放在自己的心口相互暖着，停留幾秒鐘，輕聲說：「已經結痂了，不疼了。你好吧？林曉霞好吧？將來會很好的，我們都能夠大展宏圖的，我堅信，你相信嗎？」

她點點頭，說：「我相信，我相信，可是，你不該拒絕大家的幫助！」

肖林勉強地笑一笑，不悅地說：「你說的什麼呀。」

他們相約在學期結束的那天見面，他答應要為她留言。他離去的時候，走得很果敢，沒有回頭，她站在那裏看着他越來越遠，滿腦子是他說的「你說的什麼呀」，感覺到他的矜持，心裏難受極了。一直到什麼都看不見了，沒有了，她才木然地朝燒烤區走去，王小明問她要可樂，她說：

「你說的什麼呀。」

她感覺到難以自持的冷，她想，一定是敏感的心兒在簌簌發抖。

到了畢業那天，上午坐在教室裏聽報告時她還給賈梅傳條子，告訴她準備好留言本讓肖林題字，賈梅的回條馬上過來了，寫了好多。這一陣她們頻頻發「傳真」，訴說馬上要分別的憂傷。賈梅也考上了二中，但不是尖子班，她們擔心兩個人以後會慢慢疏遠，變成「熟悉的陌生人」，賈梅還怕分班時和賈里分在一起，那樣，他訓她時會讓班裏的人看見，很沒面子的。

那同桌邱士力瞧一眼她的條子，說她又寫天書了。林曉梅笑一笑，忽而想到：這是她最後一堂跟邱士力做同桌的課了。

邱士力沒有食言，果然直升到二中高中部，但對於他能否進尖子班，林曉梅倒是替他捏一把汗的，只是沒有露出來。

她發現他在一眼接一眼地看她，心裏想：也許他在猜究竟此刻她在想什麼。一回頭，發現這傢伙一副沒心沒肝的樣子，揚眉吐氣着呢，瞧見她看過來，便從口袋裏摸出兩顆帶殼的花生問她要不要收藏。氣得她說：「別煩我。」

下午學校召開師生聯誼會歡送初三畢業生。按邢老師的要求，學生會的兩個文藝部長攜手組織這一場聯誼會。

張飛飛在台上大顯神通，她特意上了唇彩，費了不少眼影、胭脂，還修了眉毛，神采照人，滿面春風，這個人也如願直升了二中，看她正**躊躇滿志**①呢，誰知動的什麼心思。張飛飛沒把心灰的一面表現在臉上，但所有（2）班的人都知道，她的麻煩大着呢！斑馬差不多已經為她瘋狂了，就在師生聯誼會召開之前，張飛飛穿走廊時被一個初一的男生誤撞了一下，那尾隨其後的斑馬見了後拎起一腳，將那男孩踢傷，又揮起幾拳把那人暴打了一頓。聽說聯誼會散後，學校保衛處要找斑馬追究這件事呢，說不定會牽連到張飛飛。就算這一回張飛飛能僥倖開脫，以後她也會難逃斑馬的死纏爛磨的吧。

在這樣非凡的時刻，林曉梅多麼盼望肖林能早一點出現。然而，肖林卻遲遲沒有露面。學生會的大部分人馬由諸葛小兵統領着聚在幕後，所有的人都有些**悵然若失**②。表姐林曉霞幾次說：「很想念一個人。」

肖林不在留出的那個空缺並沒有被悄悄地填滿，這也許是他的魅力所在，可是那也是她想起他就覺得沉重的緣故。

黃玫玫跑來，要和她喜歡的邱士力照一張合影，不過，

---

① **躊躇滿志**：自信自在的樣子，滿有志向。

② **悵然若失**：迷茫，若有所失的樣子。

拍照時他們雙方做了個武打動作。

林曉梅獨自沿着校園的圍牆走了一圈，想對它最後說一說心裏那些模模糊糊的傷感和期待。

這時，邱士力的鐵哥們兒宇宙疾步跑來，遞給她一張紙條，然後笑一笑，就離開了。宇宙和簡亞平都未能直升到二中高中部，而是雙雙考進三中，他們相互稱對方：「並不是中考的失敗者，而是與眾不同罷了。」大家都懷疑他們是說好要「逃離」眾人的目光，到新的地方「開闢根據地①」。

那紙條上竟是邱士力的「真跡」，他潦草地用「邱氏風格」寫着：「據俺觀察，你的課桌台板裏很不雅，存着若干花生殼，拜託在畢業離校前把它們處理掉好嗎？」

她只得匆匆地返回到自己的那個教室。獨自走進去時，她心裏生出一種柔情，從下學期起，那裏就成了「過去的地方」了。她又一次坐在自己的課桌前，慢慢地打開課桌。獨自坐在那裏回憶，彷彿進入了一齣戲似的。台板裏果真有兩個花生殼，估計是那可恨的「俺」作的案，她不由得笑起來。

驀然，她看見了花生殼底下壓着的那隻紙田雞。那是邱士力折成的，折在裏面的是一張他為了她而製造的檢查，

---

① **開闢根據地**：建立軍事指揮中心，這裏指開展新生活。

當時她拒收過的。它為什麼又在她這兒出現了呢？她拿起它，看到紙田雞背上面多了三個字，寫着：等着我……那是紙田雞對誰説的心聲呢？他為了非要她收起那紙條費了多少心思，那般執着又是為了什麼？

她收起紙田雞，想起他那傻傻的倔強的樣子，忽然想哭，她為什麼不對他更好點呢？她托着那兩顆花生殼出教室時，卻在門把手邊上又看到了邱士力的一張「真跡」，那張掛着的紙條寫着：謝謝你代俺處理了花生殼……

林曉梅大笑起來，直笑得個「落花流水」，熱乎乎的眼淚沾在兩腮，腮兒緊繃繃的一片。走出教室時，她竟有深深的不捨，使勁想着：老天，初中時代就這麼快結束了，好快。又想，有那麼多的回憶藏在心底。青春像壯觀的河流，有許多暗流，過它多麼不容易。她在一些漩渦裏打過轉，又過來了。她想着那些同學，他們讓她覺得自己不是孤獨一人！有許多更美更好的東西在前面招引她，她的裝滿感動的心在獵獵地跳動：多好啊，其中有許多美麗是不為別人所發現的，因為它被心靈珍藏着……

所有的一切回憶裏都藏着「開始」兩個字，都讓她喜極而泣。

選自《花彩少女的事兒》

花彩少女的事兒